Temos
ÁGUA
300 ML
500 ML
1 LITRO

Vitória
Souza

Círculos não são infinitos

mundocristão

Edição
Camila Lima
Daniel Faria

Revisão
Ana Luiza Ferreira

Produção
Felipe Marques

Diagramação
Gabrielli Casseta

Colaboração
Guilherme H. Lorenzetti
Jonatas Belan

Capa
Cahro Nakagawa

CIP-Brasil. Catalogação na publicação
Sindicato Nacional dos Editores de Livros, RJ

S719c

Souza, Vitória
Círculos não são infinitos / Vitória Souza. - 1. ed. - São Paulo : Mundo Cristão, 2025.
192 p.

ISBN 978-65-5988-463-6

1. Romance brasileiro. 2. Ficção cristã. I. Título.

25-98148.0 CDD: B869.3
CDU: 82-31(81)

Carla Rosa Martins Gonçalves - Bibliotecária - CRB-7/478

Categoria: Literatura
1ª edição: julho de 2025

Publicado no Brasil com todos os direitos reservados por:

Editora Mundo Cristão
Rua Antônio Carlos Tacconi, 69
São Paulo, SP, Brasil
CEP 04810-020
Telefone: (11) 2127-4147
www.mundocristao.com.br

aviso.

Se você procura uma história cinematográfica, cheia de plot twists e cenas de tirar o fôlego, procure outro livro. Este aqui é basicamente uma conversa. Uma conversa sobre a vida. E, se formos honestos sobre a vida, ela não parece interessante na maior parte do tempo — não é por isso que você veio atrás de um livro de ficção? Certo, sem julgamentos. Então, é melhor que eu lhe diga a verdade: aqui vão alguns pensamentos sobre a vida, imersos na cabeça brilhante e extremamente confusa de uma protagonista bastante quebrada, o que muitos podem achar entediante.

Mas a moeda tem dois lados.

Se você é daqueles que leem uma boa frase e têm vontade de transformá-la em um líquido e bebê-la para que faça parte de você; se você é como aqueles esquisitos que andam com a cabeça para cima, admirando um céu colorido ou estrelado, e vivem tropeçando por causa disso; se você volta a música do começo porque não deu a ela a atenção que ela merecia enquanto tocava; e se você ocupa boa parte da sua mente com pensamentos existenciais sobre os quais explica e explica, mas parece nunca conseguir expressar completamente o que sente e, no fim, acaba chegando a conclusão nenhuma — e secretamente *ama* isso... Se você é essa pessoa, eu acho que você deve seguir para a próxima página e ler essa história. Porque talvez, só talvez, ela tenha sido escrita para você.

Depois não diga que eu não avisei.

A todos que passaram da página anterior.

este livro possui playlist.

Cada capítulo é associado a uma música, que você pode encontrar pesquisando por "Círculos não são infinitos playlist" no Spotify ou no Google.

um.

Não há razão para que eu não deva amar
"Amo", Ozeias de Paula

É terça de manhã e a pequena cozinha do meu apartamento cheira a café de cápsula recém-feito.

Bem baixinho, na caixa de som que fica no balcão, Ozeias de Paula canta alguma coisa sobre amor, preenchendo o silêncio com o vibrato encorpado e o adorável chiado que só músicas antigas têm. Não lembro como essa canção foi parar na minha lista de reprodução. Ela me lembra a Jojô.

Eu me sento em um dos bancos altos da cozinha americana e vejo as cortinas balançarem sincronizadas à melodia do saxofone, mais intensa quando a canção se aproxima do fim. A brisa úmida do inverno amazônico beija o meu rosto e se mistura à fumaça do café. Embora esteja chovendo, alguns tímidos raios de sol incidem na minha prateleira, deixando a lombada dos livros levemente dourada.

Eu deveria estar feliz.

E eu estaria, se todos esses pequenos pontos de embevecimento estivessem diante de mim há alguns anos, quando manhãs solitárias com café e música eram suficientes para me fazer dançar pela cozinha. O café está aqui. A música, também. Mas o fato de não ser mais uma manhã solitária me tira a sensação de paz.

Ozeias termina a canção e — céus, ele não deveria *mesmo* estar cantando sobre as razões para amar agora — uma melancólica música estrangeira assume a trilha sonora da minha manhã. É um presságio. Um prenúncio de que a bolha do devaneio vai estourar e o sino da meia-noite vai fazer o conto de fadas ser engolido por uma realidade em que não existem felizes para sempre, embora eu assista, leia e escreva sobre isso.

— Estou saindo.

A voz de William é como a gravidade, forçando-me para baixo quando eu só gostaria de continuar flutuando. Sinto cheiro de sabonete e de pele masculina limpa quando ele passa por mim, em direção à porta, sem olhar para trás. Mas sinto mais do que isso. Sinto tudo terminando, escorrendo entre os nossos dedos, e eu e ele não damos a mínima.

— Você pode descer o lixo? — pergunto, mas ele não escuta. Ou finge não escutar. Talvez, há algum tempo, eu ainda me importasse com a diferença.

Desculpe, Ozeias.

Não há razão para amar quando se está à beira de um divórcio.

dois.

Bem quando eu mais precisei de você
Você veio e me carregou para casa
"Carried", Ethan C. Davis

Eu adoro reclamar de estar ocupada.

"Vamos sair?"

"Não posso, estou ocupada."

"Por que você está mal-humorada?"

"Tenha paciência, eu ando muito ocupada."

É a desculpa perfeita para tudo. É o carinho no meu ego me dizendo que sou produtiva e necessária neste mundo.

Fred estragou a minha vida quando me deu uma licença.

Ok, eu sabia que precisava de uma pausa. Morei no meu notebook nos últimos três anos. Três livros escritos. Alguns contos de bônus. E menos tempo para perceber que ter dito "sim" ao William havia sido uma grande besteira. Talvez, se eu tivesse continuado nesse ritmo intenso, distraída com o trabalho, nosso casamento tivesse durado um pouco mais. O problema foi que, quando o sucesso dos livros se consolidou, meu editor decidiu que eu precisava segurar o ritmo, e foi aí que tudo começou a desandar.

Eu tentei dramatizar contando a ele sobre o meu casamento moribundo. Esperava que dissesse: "Beleza, então faça o que precisa ser feito, que eu dou um projeto novo para você afogar as mágoas", mas em vez disso Fred me deu uma licença de trinta dias para, segundo suas próprias palavras, colocar a cabeça no lugar. Só que a única cabeça fora do lugar vai ser a dele, assim que eu tiver a oportunidade de encontrá-lo.

A pior parte é que eu amo o cara. De verdade. Depois de tanto tempo trabalhando juntos e de tudo que enfrentamos, viramos amigos — e sócios, por isso Fred diz que só não o expulsei da minha vida porque estou presa a ele por um contrato, o que estranhamente faz sentido. Então, lá no fundo, eu sei que ele só quis ajudar porque realmente se importa comigo, o que torna tudo ainda mais complicado.

Esfrego os olhos, como se o ato pudesse dissipar a frustração, então encaro o telefone. Não faz uma semana que comecei o sabático e prometi a Fred que tentaria aproveitá-lo, mas sinto que vou enlouquecer. Hesito, como se o maldito aparelhinho diante de mim estivesse em chamas, até que resolvo queimar as mãos.

Mordisco o canto da unha enquanto ouço os toques.

— *Não aten...*

Som abafado. Algo estalando. Um "shhh" carregado de irritação. E, por fim, a falsa animação na voz do meu editor.

— Bom dia, *sunshine*! Como você está hoje?

Reviro os olhos.

— Você não queria me atender, não é? — pergunto e, diante do silêncio do outro lado, deixo pra lá. Prefiro escolher as minhas batalhas. — Escuta, você consegue me encaixar na antologia de contos de Natal?

— Mae... — Fred faz uma pausa, respirando bem alto. Consigo imaginar sua pose de bule de chá com uma das mãos na cintura e a outra segurando o celular. — Você é completamente maluca.

— Descobriu tarde, amor.

— A antologia é infantojuvenil e você, sua doida varrida, escreve fantasia adolescente. Notou alguma diferença?

Bufo, afundando no sofá.

— É *ro-man-ta-si-a* — corrijo.

— Tanto faz. — Ele ignora o meu comentário. — Você basicamente carrega a indústria literária do seu gênero e ainda quer se meter onde não é chamada, não me admira as coisas estarem indo pelo ralo com o seu príncipe encantado.

Abro a boca, ofendida.

— Às vezes eu odeio você.

— Eu sei, eu sei, também te amo. — Fred soa impaciente. — Mas não vou ceder ao que você quer. Então, por favor, vá curtir suas férias, colocar sua vida em ordem, e pare de me encher.

— Mas eu não sei como fazer isso! — Levanto e começo a andar de um lado para outro entre a sala e a cozinha. — Se eu não produzir alguma coisa, me sinto inútil. Desde o começo da série até agora, eu tinha um objetivo para me guiar, um lugar aonde eu precisava chegar. Por acaso você sabe como é viver três anos assim e de repente não ter mais nada?

Fred demora um pouco antes de responder.

— Hum... É tipo aquela parada da montanha.

— Que *parada da montanha*?

— Aquela história de que você se arrebenta para chegar na montanha e, quando está lá em cima, não pode fazer nada além de descer.

Franzo o cenho em reação ao esforço do meu cérebro para encontrar um sentido no que ele diz. Não tenho sucesso.

— Isso é daqueles vídeos motivacionais idiotas para dizer que "a jornada é o que importa"?

— Nossa, era isso! — Ele ri, e ouço-o estapear alguma superfície. — Achei que fosse uma campanha de ambientalistas contra o alpinismo.

Solto um grunhido.

— Você perdeu o ponto, não estamos falando sobre montanhas aqui. Estamos falando sobre mim, ok? Agora que terminamos a série, tem um buraco imenso, denso e obscuro na minha vida. Ele vai me engolir, Fred. Vai sugar toda a minha felicidade e alegria como um dementador. E a culpa vai ser toda sua.

— Ma-lu-ca.

— Ah, quer saber? — Sigo pelo corredor em direção ao escritório. — Deixa pra lá. Eu não preciso da sua ajuda. Vou começar a trabalhar em uma história nova queira você ou não.

Abro a porta e me dirijo ao armário onde estão todas as coisas que não se encaixam em lugar algum da casa. Seguro o telefone na clavícula enquanto me estico na ponta dos pés para pegar uma caixa na prateleira mais alta.

— E ainda vou escrever um gênero diferente do meu nicho e pegar você e seus malditos quadros coloridos de planejamento de surpresa.

— Ótimo! — Fred exclama do outro lado. — Faz isso, Maeve. Escreve um livro novo, uma cartinha de amor, um catálogo de espécies de borboletas. Compõe uma música, sei lá... Mas que seja alguma coisa para você mesma, depois de tanto tempo escrevendo para os outros.

— E ele incorporou o coach.

— Eu tô falando como seu amigo — Fred continua, sua voz soando mais abafada. Acho que ele se trancou em alguma sala. — Você escreve pensando nos leitores, no mercado, nos críticos... E agora pode escrever algo de que goste de verdade. Você é uma autora best-seller? Legal. Pode atuar nesse papel, todos os dias, *depois* das suas férias. Mas, por agora, você pode ser só escritora. Ou só leitora. Ou, sei lá, a rainha celta que fez o seu pai te dar esse nome esquisito.

O comentário me faz rir. Abraço a caixa e suspiro, odiando que ele tenha me deixado sem argumentos. Saber que você tem um público e um contrato e que ambos têm expectativas torna o caminho mais agridoce. Pode ser que voltar a escrever sem esse peso, como nos primeiros dias, seja bom, mas acho que nem lembro mais como fazer isso. Como ser apenas escritora ou apenas leitora.

Ou apenas Maeve.

Que droga é passar tanto tempo na própria cabeça e no final ser a pessoa que menos conhece a si mesma.

— Olha, *sunshine* — ele está quase sussurrando agora —, sei que as coisas podem não estar tão boas por aí, mas você consegue resolver a vida de pessoas inventadas, então consegue resolver a sua. Você é ótima em criar problemas. Tenho certeza de que também tem talento para criar soluções.

Esboço um sorriso.

— Você não pode soltar bons discursos do nada. Mancha a imagem de cérebro-com-meio-neurônio-funcionando que eu tenho de você.

— Culpa sua, eu arriscar a minha reputação. — Fred ri. — Você só escuta conselhos se forem enfeitados com frufrus poéticos.

Faço uma careta.

— Tomara que você se engasgue com o almoço hoje.

— E tomara que você não me ligue de novo, a menos que seja porque decidiu fazer o cosplay da rainha celta. Preciso de uma foto disso para postar no seu aniversário. *Love you*, *sunshine*.

— Mas...

Fred não espera a minha resposta antes de desligar.

Solto o ar, resignada, então jogo o telefone na poltrona. Levo a caixa que estava segurando até a minha mesa, depois esfrego as mãos no moletom gigante que estou vestindo para me livrar dos grãos de poeira. A roupa pertencia ao William, mas já roubei faz tanto tempo que não tem mais o cheiro dele, apenas o meu.

Tiro um estilete da gaveta e corto a fita adesiva que lacrava a caixa. Espirro algumas vezes no processo e, quando finalmente consigo abrir, observo as coisas que deixei ali dentro, intocadas como uma cápsula do tempo.

A primeira coisa que resgato de lá são cartões coloridos, que eu usava no planejamento do primeiro livro da série. Enquanto os personagens tagarelavam na minha mente, eu escrevia ideias de cenas e diálogos nos cartões e pregava-os na parede ao lado da minha cama. E, antes de dormir, relia todos, reordenava os eventos trocando-os de posição e pensava na história até pegar no sono. Descobrir quem são as pessoas cujas histórias estou contando sempre foi a minha parte favorita do trabalho.

Isso era tão reconfortante quanto dormir com um bichinho de pelúcia. Eu nunca fui muito boa em fazer amigos, mas sabia que, enquanto tivesse aquilo, o meu pequeno universo, jamais estaria sozinha. Penso nisso até hoje. Sei que um dia minhas histórias serão esquecidas. Os leitores vão encontrar outros universos para chamar de favoritos, e escritores da nova geração vão colocar seus livros na posição que os meus ocupam hoje. Mas os personagens são meus, nasceram de mim e de mim jamais poderão ser tirados.

Ninguém os conhece como eu. E ninguém me entende como eles.

Devolvo os cartões para a caixa e observo os demais itens que estão lá. Diários velhos, scrapbooks e até um projeto de bullet journal que eu comecei na adolescência, mas fiquei com preguiça de continuar. A escrita sempre esteve na minha vida, de uma forma ou de outra. Acho que nunca pude evitar. Pesco alguns cadernos, leio algumas bobagens que escrevi na infância e chego ao mais recente deles. Quando aliso a capa, sinto o cheirinho de mofo por estar guardado há tanto tempo, então começo a folheá-lo, de trás para frente, até ver a última frase registrada, que quase me arranca um sorriso.

Abril, 2019. Acho que estou apaixonada pelo Liam.

— Parece que você precisa de atualizações, caderninho — murmuro. Em seguida, puxo a cadeira, destampo uma pequena caneta piloto com a boca e viro a próxima página. Assim que a tinta mancha o papel, uma sensação familiar borbulha no meu peito.

Bem-vinda de volta, apenas Maeve.

três.

Eu fico sobrecarregada às vezes
"I GET OVERWHELMED SOMETIMES", ABBIE GAMBOA

Novembro, 2023.

William e eu vamos nos separar.

Antes, eu deveria contar que Liam e eu nos casamos. Nossa, nem cheguei a contar que eu descobri que gostava dele naquele dia, no festival da universidade, quando percebi que o meu peito apertava cada vez que ele sorria, mesmo que nem estivesse olhando para mim. Deveria contar que fomos bons um para o outro durante algum tempo. E que, se somarmos todas as nossas conversas nos últimos meses, temos menos falas que o Malfoy em toda a saga Harry Potter.

Não disse a ninguém os verdadeiros motivos de ter tomado essa decisão. Em parte, porque as pessoas achariam ridículo. Em parte, porque, se verbalizar em voz alta, pode ser que EU *ache ridículo. Não dá para confiar na minha mente quando se trata das minhas certezas.*

Como escritora de romances, eu sei que existem inúmeras formas pelas quais você pode convencer um leitor de que os personagens principais estão se apaixonando. Ele oferece um guarda-chuva ou a convida para um café. Ela briga com o rei narcisista que só o enxerga como herdeiro do trono, defende o rapaz de uma bruxa ou se lembra do aniversário dele. Independentemente da forma como o amor aconteça, me parece que se trata de uma construção de coisas pequenas. E é assim que o romance começa.

Deixe-me dizer que é exatamente assim que ele acaba.

Eu não traí o William, e (eu acho) ele não me traiu também. Não tivemos nenhuma briga feia daquelas que viram o assunto do prédio por meses e geram burburinhos enquanto você passa. Não houve um acontecimento bombástico. Um fim da picada. Uma curva brusca na estrada. Tudo aconteceu sutilmente. Como o céu do entardecer que aos poucos assume tons mais escuros sem que você perceba que, em vez de sol e nuvens, há um tapete arroxeado e sem estrelas.

William e eu nos perdemos um do outro. Foram pequenas brigas mal resolvidas, tratamentos de silêncio, intervenções familiares caóticas... Chegamos a um ponto em que os dias em que estávamos emburrados eram mais frequentes do que os dias em que estávamos bem. Mas o pior é o que vem agora. Agora fingimos que nada aconteceu. Nenhum de nós grita ou faz barulho. Nenhum de nós coloca o dedo na ferida e procura por uma solução. O que significa que nenhum de nós se importa de fato.

Nós desistimos.

Às vezes, eu me perguntava se ele se arrependia de ter feito o pedido de casamento. Ou se eu me arrependia de ter aceitado. E, dando voltas com as mesmas dúvidas, decidi que era a hora de pedir o divórcio enquanto ainda não machucamos demais um ao outro. Talvez ainda possamos ser amigos. Quem sabe eu até use "lembra daqueles três anos em que a gente era casado e achava que daria certo?" como uma zoeira para quebrar o gelo quando nos encontrarmos por aí.

Minha mãe diria que estou sendo dramática.

Na verdade, desde que eu era criança, ela me critica por ser tão intensa. "Você coloca peso demais nas coisas, Maeve. A vida fica mais difícil assim." É difícil que as duas pessoas mais sossegadas e imperturbáveis do universo entendam que a filha deles carrega o caos na própria cabeça. Mas garanto que não faço de propósito.

Tenho a sensação de que conheço demais a espécie humana. Consigo ler nas entrelinhas e possuo uma intuição muito forte — os críticos literários que elogiam minha construção de personagem só reforçam esse pensamento —, e isso me faz acreditar que sou capaz de prever as catástrofes. De me retirar de um lugar antes de ouvir que estou sendo inconveniente ou me afastar de uma pessoa antes que ela diga claramente que não quer mais a minha companhia, apenas pelos sinais que ela dá. E provavelmente, agora, essa pessoa é o William.

Na maioria das vezes, minhas teorias fazem muito sentido. Mas, outras vezes, eu confesso que me acho louca.

Embora tudo ainda esteja enevoado aqui dentro, eu demorei tanto para finalmente chegar a uma conclusão, que agora não posso hesitar. Sei o que preciso fazer. Eu preciso romper o vínculo com William antes que me enlace nele ainda mais. Antes que eu ache que superamos a crise e assim torne mais difícil para a Maeve do futuro tomar a mesma decisão, porque haverá muito mais a perder. Ou antes que, daqui a uns anos, nossos filhos estejam no quarto, gravando vídeos para o TikTok com a legenda "POV: pior do que ter pais divorciados é ter pais que deveriam ter se divorciado, mas ficaram juntos porque você nasceu".

Manuela, minha filha, embora você nem exista, mamãe está fazendo isso por você.

Talvez eu seja mesmo louca.

quatro.

Meu coração é um estranho para mim às vezes
"My Heart Is a Stranger", Chris Renzema

Minha mãe era meio obcecada pela Audrey Hepburn, e isso me rendeu uma franja indecentemente curta pelo menos até os onze anos.

De todos os filmes dela aos quais assistimos, *Bonequinha de luxo* não é a minha história favorita, mas mamãe sempre cantarolava "Moon River" na estrada e meu pai acompanhava com o violão quando não estava dirigindo. Desde que me separei deles, passei a assistir de novo para me lembrar um pouco da minha antiga vida. Fiz isso tantas vezes que até decorei as falas.

Quando balbucio sem som os primeiros diálogos, percebo que "filmes de conforto" recebem esse nome por um motivo.

Recolho as pernas no sofá, em uma tentativa de criar distância do caos das embalagens abertas na minha mesinha de centro, e resgato de lá apenas a minha barra de chocolate meio amargo e o diário que encontrei antes, porque resolvi carregá-lo comigo de agora em diante. Sinto arrepios em confessar, mas estou tentando seguir o conselho do Fred e me reconectar com as coisas de que gosto, sem pressão. Preciso reaprender a descansar.

Depois de um tempo, ouço o barulho de chaves e encaro o relógio acima da geladeira. Nem percebi que, enquanto voltava as cenas mil vezes porque tinha me distraído com o celular e perdido alguma favorita, passei o resto do dia aqui. Meus músculos congelam e mantenho os olhos na tela, imóvel, observando pela visão periférica quando William abre a porta, coloca o molho de chaves na bancada e tira os sapatos. Preciso de uma pista sobre o humor dele, então, assim que meu marido vira de lado, olho para ele só um pouquinho e noto a expressão carrancuda.

É aqui que o jogo começa.

Por que ele parece chateado? Será que é porque ele teve um dia ruim no trabalho? Porque alguém o fechou no trânsito? Porque ele odeia voltar para casa? Ou é porque ele *me* odeia?

Nunca saberemos. Por quê? Porque ele nunca fala. E, desde que decidi pelo divórcio, desisti de perguntar. Questioná-lo vez após outra se está tudo bem faz com que eu me sinta uma overthinker maluca, quando, na verdade, a culpa não é minha se meu marido nunca está emocionalmente disponível.

Liam atravessa meu campo de visão em direção à cozinha. O ruído baixinho das vozes dramáticas do filme se mistura ao som metálico dos talheres enquanto ele remexe o armário. Ouço bipes do micro-ondas. O aparelho começa a vibrar. William e eu somos tão bons em ignorar um ao outro que o silêncio não é tão estranho quanto uma conversa seria. Quando o apito soa, o cheiro de macarrão instantâneo preenche o cômodo, e ele desaparece no corredor, provavelmente para o nosso escritório compartilhado.

Logo que nos mudamos, a ideia era permanecermos juntos mesmo que estivéssemos cheios de trabalho. De um lado, o escritório tem minha estante, minha poltrona e uma escrivaninha com meu notebook — e alguns entulhos também, eu confesso. Do lado oposto, fica o setup do William, que deve custar o triplo de tudo isso. Nos últimos meses, tivemos tantas brigas por mexer nas coisas um do outro que fizemos o acordo tácito de não usarmos o espaço ao mesmo tempo.

Se ele foi para lá, é porque não quer ser incomodado.

Volto a me concentrar no filme bem no momento em que a mocinha discute com o seu — ridiculamente bonito — par romântico, cujo único objetivo é convencê-la de que a ama. Quebro um dos quadradinhos da barra de chocolate na boca e checo as notificações do celular, quase como um reflexo, antes de continuar acompanhando a cena. Sorrio. Como as histórias de amor conseguem ser mais irreais do que as fantásticas? É mais fácil esbarrar em um cavalo alado do que encontrar alguém tão disposto assim a amar o outro.

Talvez essa seja a razão pela qual as pessoas gostam de romances: eles nos deixam esperançosos. A mensagem é que não importa o quanto você seja esquisito, bagunçado ou confuso, alguém vai insistir em amar você. Mesmo que o tempo passe e você mude, sempre haverá alguém esperando, estável como uma casa, o lugar para o qual você vai voltar. Mas, na vida real, o problema de fazer de alguém a sua casa é que ela nunca vem vazia. E, se vocês não conseguem deixar suas bagagens do lado de fora, mais cedo ou mais tarde o lugar fica sufocante demais para os dois.

Acredite em mim, sei o que estou dizendo.

O filme continua por mais alguns minutos, agora mais próximo do fim. Estou quase na metade da barra de chocolate quando a voz de William interrompe o momento.

— Eu já estou indo. Chego aí em meia hora.

Quando vejo que ele está ao telefone, pauso o filme. William desliga o celular e passa diante de mim antes de colocar a blusa social feito um casaco por cima da camiseta, com o headphone pendurado ao pescoço.

— O seu... — digo, e ele reage como se o som da minha voz fosse uma surpresa. Talvez nem tenha notado antes que eu estava aqui. Aponto em vez de terminar o que estava tentando dizer. Liam tira o fone por cima da cabeça e o coloca na bancada, então começa a calçar os sapatos que havia deixado atrás da porta.

— Tivemos um problema com o projeto — ele comenta, dobrado em dois enquanto amarra o cadarço. — Não consigo consertar remotamente e não posso voltar até resolver. Talvez vire a noite.

Minha agenda mental pisca com um compromisso importante.

— Você lembra que prometemos visitar sua irmã amanhã, não é?

— Por favor, Maeve. — Liam suspira e, quando volta à posição inicial, pressiona a ponte do nariz. — Já estou cheio de problemas, dá um tempo.

É comigo? Com o trabalho? Ou ele ainda não superou a briga com a irmã? Com o que William Oliveira está chateado, senhoras e senhores? Façam suas apostas! Nesse jogo, a narradora de vocês nunca teve sorte.

— Ok.

Volto os olhos para a TV outra vez ao engolir todas as minhas mágoas. O filme continua pausado em uma cena chuvosa, a luminosidade baixa deixando a minha sala meio cinza-cerúleo, enquanto lembro a mim mesma que não vale a pena discutir. Não quando tudo está prestes a acabar.

William fica parado por alguns segundos, e até imagino que vá dizer alguma coisa, porém ele apenas pega as chaves, fecha a porta e sai. Assim que meu marido deixa o ambiente, dou play no filme outra vez, e a sala é iluminada pelo frame colorido com o "The End". Minha mente também parece clarear.

— Quer saber? — Aponto para a TV. — Também mereço um final feliz.

Sinto a euforia típica de fim de ano — aquela que faz você acreditar que consegue qualquer coisa se verbalizá-la em formato de resolução — encher meus pulmões.

— Vou descobrir quem sou além de ser escritora. Vou aprender a viver sem a validação do trabalho. E, quando o divórcio sair, vou apenas comprovar a minha teoria de que a vida é bem melhor quando se está sozinha.

Balanço a cabeça positivamente, várias e várias vezes, e recolho o dedo em riste, dobrando-o em volta da barra de chocolate outra vez.

— Mas só vou começar amanhã.

Agora, tem açúcar demais no meu sangue. Tudo o que eu quero é dormir.

cinco.

Me perguntam como tenho estado
Bem... Honestamente?
Estou quebrado
"GLUED TO YOU", RIDERS

Em resposta à crise existencial de ontem e à decisão de descobrir o que me faz feliz, eu começo pelo óbvio.

Livros.

Foi o amor pela leitura que me levou à escrita, mas depois de um tempo eu comecei a ler mais para melhorar as minhas próprias histórias ou para me comparar com outros autores do gênero do que efetivamente por gostar — comportamento autodestrutivo? Não, não sei do que se trata.

Deixou de ser divertido. Passou a ser um fardo. Há séculos, não sei o que é ler um livro apenas porque amo ler.

Por isso, acordo no dia seguinte disposta a procurar um sebo. Não quero pedir nada no meu Kindle. Quero a sensação de alisar lombadas, caçar livros usados com dedicatórias ou até comprar um sem saber nada sobre a história e ter um *blind date*.

Eu me levanto cedo, visto um suéter de tricô grosso, uma minissaia e uma meia-calça preta, e prendo uma parte das ondas rebeldes do meu cabelo com uma presilha, deixando fios soltos na frente do rosto. Na minha sacola, coloco alguns livros toscos que eu deixava na estante apenas de enfeite e, disposta a trocá-los por algo que de fato chame a minha atenção, eu bebo o *latte macchiato* — a cápsula de café de hoje — em apenas um gole, checo rápido as redes sociais e me atiro em direção à porta.

— Está de saída?

Não esperava encontrar um marido no meio do caminho.

— Estou. — Ergo a cabeça para encará-lo. — Quer alguma coisa da rua?

Um poste? Asfalto?

William nega, apoiando-se no batente. Dá para ver os enormes círculos roxos ao redor dos olhos dele, mesmo por baixo dos óculos, e seu rosto parece mais pálido que o normal.

— Só... preciso dormir um pouco.

Ele passa por mim, espremendo nós dois na porta, e entra no apartamento. Se me desse mais alguns minutos, eu perguntaria se deu tudo certo com o projeto. O bendito projeto de jogo que ele e a equipe desenvolveram e que é a razão de eu ainda não ter contado que vou pedir o divórcio. William trabalhou nisso durante anos, sei o quanto é importante para ele, então não quero que nada atrapalhe.

Posso esperar.

Desço de elevador até o estacionamento e praticamente corro até o meu SUV parado ao lado do Sedan de William. É engraçado como somos diferentes até nisso. Uma música animada de indie rock começa a tocar assim que dou partida, e engato a primeira marcha para sair do prédio. A claridade do dia ensolarado surge na saída da garagem, acompanhada de um cheiro de grama molhada deixado pela chuvinha de meia hora atrás.

Dirijo por algumas ruas até chegar ao bairro onde sei que vi um sebo outro dia. É basicamente uma portinha, então deixo as janelas abertas e olho para os lados o tempo todo para ela não passar despercebida. Quando paro na faixa de pedestres bem no trecho em que a música fica boa demais para não cantar alto, viro para a frente e apoio a cabeça no encosto. Estou praticamente gritando a letra, feito aquelas garotas com ódio do mundo em filmes de *rom-com* adolescente — noventa por cento da minha personalidade se resume a romantizar a minha vida —, até que uma risada chama minha atenção.

— Você tem bom gosto para música, princesa. Se tiver para homens também, me passa o seu Whats.

Minha reação atrasa um segundo. É o tempo que demoro para acreditar que acabei de ouvir isso de um adulto com o córtex pré-frontal totalmente desenvolvido. Reviro os olhos e fecho o vidro, ignorando-o.

Eu sou casada, idiota.

Pelo menos, ainda.

Sempre odiei flertes assim, superficiais, como se estar viva e parada ao lado de alguém significasse estar disponível. Nem em amor à primeira vista eu acredito. Na minha cabeça, é impossível dar uma chance a qualquer pessoa sem me conectar com a alma dela antes.

Durante toda a minha vida, minha reação foi a mesma, e minha mãe disse que eu morreria solteira e sem amigos por causa disso. Parando para pensar agora, nem me lembro de como William conseguiu se aproximar.

Quando as pessoas terminam de atravessar, eu piso firme no acelerador e corto o motorista babaca para fazer um retorno. Ele derrapa e pressiona a buzina por longos segundos, e posso sentir que, no mínimo, esbarrou na traseira do meu carro. Não foi uma atitude madura, eu sei, mas me sinto vingada. Continuo a viagem muito mais satisfeita depois disso.

Desacelero depois de avistar, logo em seguida, o lugar que estava procurando. É um prédio estreito e bastante vertical, espremido entre uma frutaria-mercadinho e uma oficina de chaveiro. Estaciono na rua ao lado, em frente a uma padaria, e o aroma de pão quentinho me recebe antes mesmo que eu desça do carro. Pego minha sacola de livros e caminho em direção ao sebo.

Na entrada, um senhor calvo e com o rosto vermelho está sentado em uma cadeira de plástico, quase caindo no sono. Há um vira-lata amarelinho ao lado dele. Ambos parecem felizes ao me verem.

— Fique à vontade. — O idoso esfrega um dos olhos. Retribuo o sorriso.

Entro no lugar e respiro. Ah, o simples cheiro de papel velho. Ninguém mais entenderia como isso é bom a não ser quem também ama livros. Os corredores do sebo são apertados, e os títulos não estão em nenhuma ordem de tamanho, gênero ou data. Eu amo isso. Tenho certeza de que, se existisse um portal para milhares de universos, ele também seria caótico — e, para mim, é isso o que lugares que vendem livros são.

Eu me sento sobre os tornozelos e inclino o pescoço para o lado ao ler cada título nas lombadas. Folheio as edições mais surradas de clássicos antigos até encontrar algum com dedicatória, e um *Jane Eyre* ainda datilografado traz o seguinte na primeira página, com uma caligrafia bastante caprichada:

À minha filha Albernina,

Na ocasião em que completa os seus dezenove anos, ofereço este livrinho. Junto à salvação eterna, a ela lanço, com todo meu amor, a bênção paterna.

João Pamplona. 12 de março de 1945

— Emocionante. Será que você gostou desse calhamaço, hein, Nina?

Será que ela doou esse livro porque ficou chateada com o João, em um ato de rebeldia adolescente? Ou ficou com o exemplar até sua morte e, quando sua biblioteca particular foi vendida, ele veio parar aqui? Amo como os livros possuem duas histórias: as que estão contando e as que estão criando.

Sorrio com as possibilidades e coloco o exemplar no colo. Ao passar para o outro corredor, encontro um livro mais recente. Folheio os primeiros capítulos e gosto da premissa. Parece ser sobre uma garota confusa de quase trinta anos, e eu, como uma garota confusa de quase trinta, preciso ler de vez em quando sobre garotas confusas de quase trinta para saber que não sou a única.

Fico assustada quando penso que daqui a quatro anos vou procurar por livros de garotas confusas de trinta e poucos. Balanço a cabeça para afastar o pensamento.

Coloco o livro junto ao da Brontë e encontro o reizinho da ficção científica bem ao lado. Liam adorava Isaac Asimov quando estávamos na faculdade. Tiro-o da prateleira por impulso, mas não sei mais se ele gosta desse tipo de livro. Nem sei se ele ainda lê.

Caramba, eu moro mesmo com ele?

Devolvo *O fim da eternidade* para a estante. Quando ele não se encaixa e puxo outra vez, encontro um pequeno livro escondido no fundo da prateleira. Retiro-o por curiosidade. A capa de couro não tem nenhum título e ele não é tão espesso. Mais parece um caderninho.

— Acho que você vai ser o livro do *blind date* — digo. Começo a andar por outros corredores, porém minha mente continua no livrinho e não consigo resistir por muito tempo. Ele é tão pequeno. Será que é mesmo um livro? Apoio os demais títulos escolhidos na prateleira e abro o livreto na primeira página. A folha está totalmente em branco, a não ser por um pequeno círculo bem no centro.

Sem folha de rosto.

Sem ficha catalográfica.

Sem informações.

Viro mais uma página apenas para me certificar antes de deixá-lo. Aperto os olhos algumas vezes e as palavras parecem surgir lentamente, como se estivessem sendo escritas. Olho para os lados imaginando se tinha algo errado no *macchiato* de hoje e, quando volto os olhos ao livreto, a página está totalmente preenchida. Leio a primeira frase:

É normal se sentir sempre um passageiro?

Soa tão familiar que sinto vertigem. Apoio as costas na parede e continuo lendo:

Às vezes, eu me sinto como se estivesse fora da realidade, apenas observando. Experimento coisas e sensações, e enjoo delas. Depois, sigo para a próxima aventura. É tão solitário quanto libertador. O primeiro dia...

— O primeiro dia na universidade me faz ter a mesma sensação — repito em voz alta enquanto leio as exatas palavras que estavam na minha mente no meu primeiro dia de aula, em 2016.

Levanto a cabeça me perguntando que loucura aconteceu e por que estou em um sebo onde há um livro que conta exatamente a minha história, sete anos atrás.

Mas não estou mais no sebo.

E meus pés não tocam o chão.

seis.

Eu nasci com um coração partido
Não posso fazer nada além de despedaçar

"Born with a Broken Heart", Unspoken

Maio, 2016

É normal se sentir sempre um passageiro?

Às vezes, eu me sinto como se estivesse fora da realidade, apenas observando. Experimento coisas e sensações, e enjoo delas. Depois, sigo para a próxima aventura. É tão solitário quanto libertador. O primeiro dia na universidade me faz ter a mesma sensação.

Devo ser uma das poucas pessoas que amam dizer adeus. Minha vida teve muitas despedidas, e eu gosto de como isso dá a você a chance de começar de novo, em um novo lugar e com novas pessoas que não se lembram das vergonhas que você passou na frente delas. Só para saber, seu cérebro não vai esquecê-las e vai te notificar durante os próximos cinquenta anos enquanto você tenta dormir.

Meus pais nunca fixaram residência. Minhas memórias mais antigas são de andar por aí com uma mochila nas costas maior do que eu. Alba e Eisner amam viajar e conhecer novos lugares. Quando perguntam a eles de que cidade são, eles respondem que são cidadãos do universo e que, aonde seus pés puderem levá-los, é de lá que eles são.

É um discurso idiota, eu sei, mas achava incrível quando criança.

Meu pai conheceu minha mãe na estrada, durante um mochilão pela América Latina, e encontrou nela a maior companheira de aventuras, como ele mesmo dizia. Ouvi essa história várias vezes, porque eles amavam contá-la, especialmente nas noites de fogueira e histórias para as quais éramos convidados quando acontecia de esbarrarmos em outros andarilhos.

Foi num desses acampamentos coletivos que me apaixonei pela primeira vez. Eu era pré-adolescente na época e, entre conversas sob as estrelas e histórias de estrada, achei que também tivesse encontrado meu companheiro de aventuras. Mas, dois dias depois, partimos da cidade e eu nunca mais vi o garoto. Não contei a ninguém e sofri por no máximo doze horas. Acho que, no fundo, eu sabia que a história dos meus pais era uma chance em um bilhão, então me acostumei à ideia de que, para quem não tivesse a mesma sorte, os amores durariam pouco.

Para ser bem sincera, eu amava minha vida do jeito que era, com todos os vínculos marcados de efemeridade. Amava que, com a nossa kombi — que tínhamos ganhado de um dono de sucata que havia se apaixonado pela nossa história — e nossa habilidade questionável para o artesanato — que só vendíamos para comprar comida e gasolina até o próximo destino —, podíamos estar em qualquer lugar, fazendo qualquer coisa e conhecendo pessoas diferentes. Com tanta gente por aí, ninguém deve ser insubstituível.

Não posso dizer que a culpa é totalmente dos meus pais, mas eles são a principal razão pela qual eu nunca me apeguei a nada. Não tenho "amigos de infância" ou "a vizinhança onde cresci". Nunca me senti presa ou pertencente a nenhum lugar ou pessoa. Nunca foi difícil largar tudo. Nunca senti saudades.

Gosto da ideia de ser uma passageira. De observar tudo e continuar morando dentro da minha cabeça. Eu já cheguei na vida de muitas pessoas, mas nenhuma me fez querer ficar, então jamais estarei presa a qualquer uma delas. Só que, já há algum tempo, viajar por lugares comuns não me satisfazia mais. Eu queria viajar para lugares impossíveis. Lugares onde existem dragões e magia, elfos e animais falantes. Lugares onde eu posso ser melhor do que jamais fui.

Não, eu não estava louca.

Eu me tornei leitora.

Foi por causa da última viagem de família que fizemos. Fomos parar em uma cidade no interior do México onde havia muitas bibliotecas, porque uma escritora famosa morava lá e investia na leitura. Papai parou em uma delas para pedir informações e, como o espanhol dele estava enferrujado, a conversa demorou tempo suficiente para que eu ficasse entediada, começasse a folhear algumas páginas e me envolvesse em uma história fantástica.

Foi o meu fim.

Ou o meu começo?

Meus pais dizem que sou intensa demais e não sei amar pouco, então não consigo me envolver só até certo ponto. Ler os livros não era o bastante. Eu queria saber de tudo que os envolvia. Não só as histórias, mas o que se passa na cabeça do escritor quando cria algo. Afinal, como era possível que gente que nem me conhecia escrevesse coisas tão pessoais para mim? Como era possível alguém de outro país ou outro século contar a minha história?

Comecei a acreditar que todo livro tinha um pouco de magia, e eu queria... céus, como eu queria aquilo. A coisa mais óbvia que poderia fazer pelo meu sonho era tentar o vestibular para o curso de Letras e, como meus pais sempre levaram a sério o homeschooling — talvez seja a única coisa que levaram a sério na minha criação —, conseguir a vaga não foi difícil.

A parte difícil vem agora. Depois de dezenove anos vivendo com dois andarilhos malucos, um tanto hipsters e que me amam mais do que tudo, eu preciso aprender a criar raízes. A ficar em uma mesma cidade. A ver as mesmas pessoas durante quatro anos e a não ter aulas com música dos anos sessenta ao fundo como no homeschooling.

— Mas que raios...

— Falou comigo? — A menina ao meu lado tira os fones e me encara com uma das sobrancelhas levantadas. Ela tem o cabelo azul. Quem usa cabelo azul hoje em dia? Isso era moda em...

Droga.

— Não — respondo, na defensiva.

Não. Não, não, não, não, não... NÃO.

Por que eu estou em 2016, no ônibus circular da universidade, ouvindo os meus pensamentos como se a minha vida estivesse sendo narrada em primeira pessoa? Coloco a mão nos olhos e os esfrego antes de o ônibus dar um solavanco e eu bater a cabeça na poltrona da frente.

— Credo! Que isso? O *nôitibus*? — reclamo e, ao levantar o rosto, reconheço o ponto de parada. Apesar da minha inércia e confusão, uma força me impele a pegar a mochila e descer. Salto do ônibus e começo a andar.

Sei que viajei no tempo porque a universidade está exatamente como na primeira vez. Pouco antes da formatura, ela passou por várias reformas e derrubaram a árvore de folhas rosas que ficava perto dos portões, mas agora ela está bem aqui.

Não tem como confundir. William e eu tiramos fotos um do outro em frente a essa árvore várias vezes, porque tinha a ver com alguma personagem de nome esquisito da qual ele gostava. Séfora? Sátura? Sei lá.

— Ok. — Respiro enquanto caminho em direção à sala de aula. — Eu viajei no tempo. Viajei. Que loucura... Eu já devo ter visto filmes sobre viagem no tempo, certo? Quais são as regras mesmo?

Um: não me encontrar comigo mesma.

Isso vai ser fácil. Não acho que existam duas de mim, porque estou no meu corpo, com meu jeans velho e meu All Star rabiscado que partiu deste plano dois anos depois, quando minha rua alagou e ele foi levado pela correnteza.

Dois: não apostar na loteria.

Eu já sou rica. *Muahahaha.* Quer dizer, mais ou menos. Esse não é o ponto.

Três: não mudar eventos canônicos.

Paro de andar.

— Espera, eu posso mudar o futuro se fizer algo aqui? — Viro para os lados como se algum mentor fosse aparecer para me orientar. — Minha viagem no tempo funciona com efeito borboleta ou as mudanças vão criar uma ramificação da realidade?

Nem sinal dele. Estou por conta própria.

— Ai, que droga, Maeve! Que droga, que droga! — Abafo um gritinho histérico em uma das paredes do corredor e depois me viro, encostada nela, para tentar recuperar minha sanidade.

É então que eu o vejo.

Ele está andando sozinho. Com headphones e uma camisa desbotada do Batman. Os óculos estão quase caindo da ponta do nariz enquanto olha para a frente com uma postura despreocupada e as pálpebras quase fechando seus olhos. O cabelo liso forma pequenas ondinhas porque está grande demais.

William.

Faço as contas mentalmente e percebo que só vou conhecê-lo daqui a dois anos. Sinto um aperto no peito. *Ele é tão familiar.* De repente, tenho um pensamento intrusivo. Preciso saber se tenho como alterar o futuro, se posso adiantar as coisas. Ou talvez eu só queira uma desculpa para encontrar a versão do Liam que eu ainda amo, porque sinto uma *maldita* saudade dela.

— Ei! — grito, mas acho que ele não ouve por causa dos fones. — William! — digo mais alto e começo a correr na direção dele. Meus músculos respondem de forma diferente. *Céus, que saudade de ser jovem.* Coloco mais velocidade, mais força, até estar bem perto, mirando a etiqueta da camisa do Batman que está presa ao colarinho. E estou prestes a alcançá-lo quando o cheiro de papel velho retorna e um par de olhos cansados me encara, inquisitivo.

— Você deveria dormir em casa, mocinha, não no meu bangalô.

Droga.

Estou de volta no sebo.

sete.

Você estava atirando para matar?
Ou estava esperando por mim?
Porque eu estive esperando por você
"Easy to Love You", Gable Price and Friends

— Vou levar esses três.

Pigarreio para que o senhorzinho não perceba a minha voz trêmula. Ele recebe com uma expressão divertida no rosto os livros da minha sacola e os que estão na minha mão.

— Pagamento?

— Oi?

— Como a moça vai pagar?

— Débito — rebato com agilidade, e minha respiração passa a intervalos mais curtos. Ele folheia os livros um a um antes de registrá-los, mas para no caderninho e me dirige o olhar por cima dos óculos. Espero que ele não diga que não está à venda.

— A moça é fluente em grego?

— Eu?

— Está levando um livro inteirinho em grego. — Ele vira a página em minha direção, mas evito olhar para ela. — Algumas pessoas pegam por engano.

— *Kalispera* — respondo com um sorriso, tentando fazer a única palavra que conheço em grego soar como um "claro", embora eu tenha uma forte suspeita de que signifique "boa noite". Ou seria "boa tarde"?

Ele dá uma risadinha.

— Volte sempre — diz ao recolher a máquina e me estender a sacola. Agradeço e ando cambaleante em direção ao meu carro. Assim que entro, me apoio no volante para respirar. Checo a tela do celular e percebo que tudo não levou mais do que dez minutos, mas, mesmo assim, levou sete anos. É tão improvável que nem eu consigo acreditar.

Aproveito que estou com o celular na mão e disco para o meu contato de emergência, que atende depois de dois toques.

— Preciso de você.

ooo

Estou na penúltima unha a ser roída quando o interfone toca. Já é quase hora do almoço. Libero a entrada e em seguida ouço a campainha do apartamento tocar.

— Espero que você tenha um bom motivo para...

— Fred! — Eu o puxo pelo braço e fecho a porta. Atravesso a sala e o coloco sentado em um dos bancos da cozinha, fazendo sinal para que ele fique lá. Meu editor me encara com uma expressão preocupada. — Eu preciso te contar uma coisa.

— Você está grávida?

— O quê? Não!

— Ah, que alívio. Eu tenho pavor a trocar fraldas.

— Fred, presta atenção.

— Escuta, você não acha que essa casa anda muito sem cor? — Ele se distrai apontando ao redor. — Quando você me contou da briga por causa da decoração, eu fiquei do seu lado, mas pelo amor, *sunshine*... Isso não é minimalismo. É *nadismo*.

— Fred, eu viajei no tempo.

Sua boca ainda está aberta por causa da última frase, e é assim que seu rosto congela. Ele lentamente assume um ar confuso, unindo as sobrancelhas.

— Eu fui a um sebo hoje — continuo. — Porque você me disse ontem para voltar a ser quem eu era, né? E eu era uma rata de sebos. Daí eu encontrei um caderninho que me fez voltar para 2016 e o trouxe para casa, mas não sei o que fazer agora, porque...

— Puxa, quando você me disse que ia escrever uma história nova, não imaginava que fosse realismo mágico. Mas pode dar certo, sabia? Eu estava pesquisando...

— Não é história de livro, tonto. — Tiro o caderninho da sacola e o coloco nas mãos dele. — Aqui. Se eu começar a ler o que está escrito nisso, eu volto para o meu primeiro dia na universidade. Não é uma loucura?

Aponto para que ele veja por si mesmo e Fred desvia os olhos, desconfiado, para o pequeno livro. Espero ansiosamente que ele diga alguma coisa, mas ele passa pelas páginas, então se levanta e me puxa pelo braço.

— Vamos.

— Aonde?

— Ao psiquiatra. Já queria te levar há tempos, pelo menos agora tenho um motivo concreto.

— O quê? Mas você...

— Você nem fala árabe, Maeve. O livro está todo em... — Ele deixa a frase não terminada, arregalando os olhos em seguida. — Era uma pegadinha pelo que eu fiz ontem? Ótimo, você está começando a me assustar.

— Não. — Começo a soar desesperada. — É sério. Por que... Por que você não acredita em mim?

Fred me encara. Seu peito sobe e desce. Ele coloca as mãos na cintura.

— *Santa sociedade do unicórnio alado*. Eu vou ser cancelado. É isso. Já estou vendo a notícia: "Escritora trabalha até enlouquecer por causa do seu editor desumano". E ainda vão pegar a minha *pior* foto para mostrar na TV, tipo aquelas que minha mãe posta no Facebook sem a minha autorização. É o meu fim. Acabou. *Game over. Hasta la vista.*

Reviro os olhos.

— *Sunshine*, você não pode fazer isso comigo. — Ele segura a minha mão, usando um tom suplicante. — Você não... Eu já tenho *vinte e sete anos*. Não tenho dinheiro. Não tenho perspectivas. Eu já sou um peso para os meus pais...

— Espera, você está usando o discurso da Charlotte Lucas?

— Ah, esqueci que você é fã de *Orgulho e preconceito*.

— Chega! — grito, puxando minha mão de volta. — Ok, você não quer acreditar, tudo bem. Não esperava muito de um cérebro de minhoca como você.

Fred esboça um sorriso sofrido.

— Ah, que bom! Pelo menos suas faculdades mentais estão intactas, você ainda me reconhece. — Ele segura meu rosto com as duas mãos e eu dou um tapa em seu braço. — Agora me diz que foi tudo uma pegadinha, sua cobra vingativa.

— Foi, sim — respondo e pressiono os lábios em uma linha reta. Fred parece aliviado. Já vi que não tem jeito de explicar isso sem parecer maluca.

— Está... tudo bem por aqui?

William está parado na saída do corredor com o cabelo bagunçado e os olhos inchados. Ele os estreita para a pequena confusão.

— Ah, eu sinto muito pelo barulho que fizemos, mas a sua esposa...

Balanço a cabeça negativamente, e Fred para de falar, fingindo uma tosse.

Liam dá de ombros.

— Você não tirou a comida do congelador. — Ele se dirige a mim com a voz sonolenta e rouca.

— Eu saí com pressa.

— Você nem precisava ter feito, sabia? — Ele atravessa para a cozinha e abre o armário. — Só poderia ter colocado para descongelar. Ou ter me avisado. Sabe quanto tempo faz que estou comendo comida da rua?

Eu sei. Há meses. Não fiz de propósito.

— É só preparar alguma coisa agora — digo começando a ficar irritada. — Faço em dez minutos na air fryer.

— Você não dá a mínima mesmo — ele murmura baixinho.

— *William*.

Meu tom é grave. Ele olha para Fred e espero que perceba que está me envergonhando na frente do meu melhor amigo. Não sei o que deu no Liam hoje, faz tempo que nossa guerra é fria. Ele parece ter se esquecido.

— Eu... hã... já estava de saída. — Fred caminha em direção à porta. Vou logo atrás para acompanhá-lo enquanto tento engolir o nó que se formou na minha garganta.

— Sinto muito por isso — digo.

— Eu é que sinto, *sunshine*. — Seu tom é terno e ele me puxa para um abraço antes de sair. — Se precisar de qualquer coisa, me ligue. Mesmo que seja só para me pregar uma peça de novo. Eu venho, se isso fizer você se sentir melhor.

Balanço a cabeça e, depois que ele sai, fecho a porta. Demoro alguns segundos, me preparando psicologicamente para enfrentar "William em casa e acordado", então caminho de volta para o apartamento. Ele está de costas, com marcas do colchão pela pele, depois de ter dormido a manhã inteira. Sinto um aperto ao me lembrar de tê-lo visto hoje na universidade. De quando as coisas eram simples. De quando ainda não tínhamos arruinado tudo.

Liam se vira com temperos nas mãos, e então eu paro de encarar. Ele tira um pacote de macarrão da despensa.

Meu peito sobe e desce, porque não sei se devo dizer algo ou não. Não tenho mais energia para brigar com William, porque brigas significam que você está tentando entender o outro ou fazê-lo entender você. Significa que você ainda tem esperança. Não há motivo para brigas quando você está apenas esperando o tempo acabar com tudo. Se esse é o caso, quanto menos desgaste, melhor.

— Podia ao menos ter esperado ele sair. — A frase escapa como um sussurro antes que eu perceba. Eu me arrependo na hora.

Ah, não. Vai começar de novo.

— Você quer tanto manter as aparências...

— Não é sobre manter as aparências, William. Que droga. Você precisa tornar tudo uma grande confusão?

Ele se vira, fixando os olhos em mim.

— Eu estou fazendo confusão? Sério? Importa para você se o Fred acha que estamos bem ou não, mas não importa como eu me sinto. Acho que nem mesmo como você se sente.

— E importa para você como eu me sinto? Acho que não, ou não teria me feito passar vergonha com essa cena ridícula.

William engole em seco. O apartamento de repente parece pequeno e abafado, especialmente porque está dividido em dois territórios, com o balcão americano feito de fronteira entre nós.

— Tá bom, Mae. — Ele se vira de costas. — Olha, eu tive uma noite péssima. E tenho tido dias péssimos...

— E isso não te dá o direito de ser um idiota.

— Não é isso, caramba. — *E estamos de frente outra vez.* — Eu preciso me controlar no trabalho para não perder o emprego, para não deixar a minha equipe em pânico. Se eu tiver que ser um robô em casa também, vou enlouquecer. Então, *sinto muito* se eu não sou perfeito como você queria que eu fosse.

— Isso não foi um pedido de desculpas.

— Eu devo ter aprendido com você, não é? Você *nunca* pede desculpas. Está sempre certa.

— Sou eu quem está fazendo escândalo por causa de uma droga de comida?

— E você acha *mesmo* que é por causa da comida?

William me encara por alguns segundos. Ele e eu não levantamos a voz, então por que suas palavras estão ecoando tão alto na minha cabeça? Solto um longo suspiro, abaixando ainda mais o tom.

— Você anda muito estressado.

— Eu tenho que estar feliz e sorridente o tempo todo?

— Não foi o que eu disse.

— Eu só me sinto *perdido*, Maeve. Você costumava reclamar porque eu não falo como me sinto, e agora reclama se eu falo como me sinto. Eu não sei o que você quer de mim.

— Eu não quero nada de você.

— E isso é pior. — Ele franze o cenho. — Eu sou descartável na sua vida.

— Mas que raios, William. Você acha que eu sou tão egoísta?

— Não foi isso o que eu disse.

— Então estamos falando línguas diferentes! — Ergo os braços no ar, ocupando bem o território sul. Aponto para ele com as duas mãos. — *Você* não entende o que eu digo. — E para mim em seguida. — *Eu* não entendo o que você diz. Tenho uma ideia: que tal a gente parar de se falar?

Liam fica em silêncio por alguns segundos. Um. Dois. Sete segundos.

— Não é o que temos feito?

Ele engole em seco. Morde o lábio inferior. E a raiva concentrada no meu rosto desce para o coração, pressionando-o sem pena, assim que vejo seus olhos se encherem de lágrimas. Minha reação em seguida não é digna das personagens que escrevo. Eu simplesmente pego o caderninho, o diário e as chaves do carro.

E fujo.

oito.

Mas contemplo o meu lar
"O exilado", hino 36 da Harpa Cristã

Dirijo sem rumo por um bom tempo.

Coloco uma música daquelas que transitam entre animada e melancólica. O meio-termo. Elas conversam bem comigo.

Sou o meio-termo de tudo.

Tenho traços mestiços, mas não sou retinta. Meu cabelo não é liso nem cacheado, é ondulado. Meu corpo não é magro nem gordo.

As pessoas acham que o meio-termo é bom. Sem extremos. Equilíbrio. Mas estar entre dois lados e não pertencer a nenhum faz com que você se sinta excluído de ambos. Minha pele é clara demais para ser negra e escura demais para ser branca. Isso, de acordo com a última confusão da qual fui alvo nas bookredes, quando discutiram se a representatividade nos meus livros era válida. O pior eram os comentários de quem nem considerava o que escrevo literatura de verdade pelo fato de ser ficção — e os que juraram nunca terem ouvido falar de mim, afinal, segundo eles, livro nacional nunca vai fazer tanto sucesso quanto um que veio da gringa.

Ok, isso é outra conversa.

Nunca encontro cremes bons para a curvatura do meu cabelo, porque os para cachos o deixam pesado e os para lisos o deixam cheio de frizz. E comprar calças justas é um pesadelo, porque o tamanho trinta e oito aperta minhas coxas, enquanto o quarenta fica frouxo na cintura. É como se o universo ignorasse a minha existência. Não fui feita para ele, e ele não foi feito para mim.

Em um dos poemas que escrevi anos atrás, eu disse que era como um daqueles grãos de poeira que vemos quando uma fresta de luz aparece. Você abre a janela e eles estão ali, flutuando. Se estiver entediado, você vai estender a mão para tocá-los, mas ninguém pensa neles em uma terça-feira comum. Ninguém sente falta. E, quando fechamos a fresta, eles voltam a ser invisíveis demais para serem notados, embora estejam exatamente no mesmo lugar.

Encosto o carro em uma rua mal iluminada e pego o meu diário do banco do passageiro, deixando o caderninho da viagem no tempo de lado. Encontro o poema de que me lembrei e sorrio com a memória. Eu o escrevi quase um ano depois de entrar na faculdade, e ele está incompleto porque larguei pela metade quando Jojô gritou que o jantar estava pronto.

Jojô.

Na insanidade dos meus primeiros anos de curso, morar com a tia Josi era calmaria. Meus pais pediram a ela que me desse abrigo durante o período, já que eles jamais deixariam de perambular pelo mundo só para que eu me formasse. Por serem liberais demais, não tivemos *aquela* conversa sobre o que eu deveria ou não fazer agora que estava morando longe deles, mas minha mãe fez questão de me alertar sobre sua irmã:

— Cuidado com as conversas da Josiana. Ela vai querer converter você.

Tia Josi era crente. Segundo a minha mãe, do *pior* tipo: a que fala de religião o tempo todo. Por isso, eu cheguei à casa dela na defensiva, achando que Jojô me obrigaria a ouvir a história do

Carpinteiro de dois mil anos na primeira oportunidade, já que eu não sabia quase nada sobre ele.

Mas ela não fez nada disso. Jojô fazia minha comida. Lavava minha roupa. Conversava comigo sobre o meu dia e me dava conselhos sobre os estudos. E me oferecia colo quando eu sentia a solidão da vida adulta. Nós ficamos amigas em pouco tempo, e eu comecei a chamá-la de Jojô, embora ela fingisse que preferia "querida tia Josi". Era engraçado, e acabávamos rindo disso no final.

Jojô não precisou me dizer como o Carpinteiro era. Eu sabia como *ela* era. E, se ela o imitava como dizia, eu podia imaginar que ele era alguém que valia a pena conhecer. Em um domingo comum, em que ela estava se arrumando para visitá-lo, eu pedi que me levasse junto.

Deixo o diário de lado e pego o caderninho. Se por um milagre eu tive a oportunidade de rever a minha vida ao vivo e em cores, quero aproveitar isso. Não vou voltar no tempo por Liam, e sim por mim. Quero me encontrar, porque, antes de perdê-lo, acho que perdi a mim mesma.

Avanço um pouco as páginas, tendo o primeiro dia de aula como base, até chegar ao que imagino ser a época do poema. Fico surpresa com a exatidão do que começa a ser escrito. Quando a página está totalmente preenchida, fecho os olhos e respiro fundo.

É por esse dia que eu quero começar.

OOO

Março, 2017

— Vai ser bom ter companhia hoje. — Jojô sorri.

Sorrio também, mas com muito mais emoção do que na primeira vez de que me lembro. Senti falta disso. Senti falta dela.

Perdi tia Josi durante a pandemia e, se Liam não estivesse comigo, acho que eu não teria suportado. De uma forma extremamente violenta, o luto desperta nossa consciência para o fato de vivermos uma vida finita. É como acordar de um sonho muito bom e perceber que sua felicidade nunca passou de um devaneio. Tudo parecia tão fútil, tão sem sentido, e eu me achava uma idiota por escrever sobre pessoas se apaixonando em universos fantásticos, quando a vida real podia ser tão excruciante. Nessa época, achei que nunca mais voltaria a escrever.

Durante as semanas de apatia, Liam me disse muitas coisas, mas uma delas teve o efeito daqueles curativos coloridos que não aliviam em nada o machucado, mas ao menos te fazem sorrir:

— Pensa nas suas histórias como uma parada no meio do caminho, Mae — ele disse. — Elas não ignoram a estrada. Só abrem um espaço para os viajantes descansarem quando o percurso se torna pesado demais.

Eu acreditei nele.

Mesmo assim, ver tia Josi outra vez diante de mim faz a ferida esquecida voltar a doer. Sinto vontade de abraçá-la, mas lembro o que aconteceu quando tentei alterar o passado com William e resolvo me conter. Se conseguir ficar até o final deste dia com ela, já é mais do que suficiente.

— Eu preciso vestir alguma coisa... especial? — pergunto.

— Vista-se como se eu dissesse que vou te apresentar ao meu amigo mais importante — ela responde enquanto termina de fazer um coque com o cabelo comprido. — Por mais que ele não ligue muito para como você está vestida, é uma forma de demonstrar que você valoriza sua presença.

Assinto com a cabeça e corro para o quarto. Coloco a blusa branca com minha jardineira manchada de mostarda e o par de All Star que uso para a faculdade. Era minha combinação favorita. Ela aprova em silêncio quando retorno para a sala.

— Vamos?

Jojô estende o braço, e caminhamos lado a lado pelos próximos dois quarteirões até chegarmos à igreja. É entardecer de domingo. As ruas estão tranquilas, e há um som abafado vindo de uma casa de festas no final da esquina. O prédio de teto baixo para onde estamos indo também está iluminado e barulhento.

— *Passinhô,* irmã — diz um homem parado na porta. Está com a mesma roupa social de quando o vejo passar pela nossa rua e ele grita para Jojô a tal saudação, mas dessa vez ele usa sapatos em vez de chinelos, e a blusa não está para fora da calça. Há algo em seu rosto que se parece com felicidade.

— Nunca entendo o que ele diz — murmuro para Jojô ao passarmos por ele.

— Ele disse "a paz do Senhor".

— E o que isso significa?

Ela me encara. Existe uma doçura nos seus olhos que deve contrastar com a confusão nos meus.

— Que o lado de fora pode ser instável e tempestuoso, mas você terá calmaria aqui dentro — ela aponta para o meu coração — se aceitar a paz que só o Senhor pode proporcionar.

Dou de ombros para a explicação.

Seguimos para a fileira de cadeiras de plástico, e Jojô me puxa para um lugar estratégico: debaixo do ventilador. Enquanto esperamos o culto começar, as pessoas passam de um lado para outro, sorrindo para ela e cumprimentando-a. Minha pequena borboletinha social.

Não demora muito e todos se levantam. Um homem que usa terno, embora estejamos em uma minissauna, se coloca mais à frente, saudando a igreja com a mesma frase do rapaz da porta. Ele chama um idoso para ir até lá, que recita um número e então começa a cantar.

— Jojô, o que é esse número? — pergunto baixinho.

— O nome da música.

— Existe música com nome de número? Que falta de criatividade.

Jojô dá um risinho. Quando divide sua Bíblia comigo, passo a acompanhar a letra da canção com o som desafinado da voz do cantor ao fundo.

Da linda pátria estou mui longe
Triste eu estou
Eu tenho de Jesus saudade
Quando será que vou?

Percebo que não sei o que isso significa.

Não sinto saudade de nenhuma das pessoas que passaram pela minha vida em todos os lugares por onde andei. Como sentiria de alguém que nunca vi? Aprendi a extrair o melhor de um lugar ou uma companhia enquanto estou com ela e, depois, simplesmente deixar ir. Mas eu nunca vi a Cristo e nunca conversei com ele. Talvez ele nem saiba quem eu sou.

Deixo os pensamentos de lado, ouvindo as demais canções. Quando a terceira música termina, o homem de terno sobe ao palquinho novamente.

— Os irmãos podem abrir a Bíblia no salmo de número cento e trinta e nove. — Ele troca o microfone, decorado com uma capinha de crochê, de uma mão para outra. Jojô sinaliza para que eu fique de pé enquanto ele faz a leitura. Depois de recitá-los na íntegra, ele começa a explicação. — Do verso um ao três, o Senhor diz, *aleluia*, que conhece nosso andar e deitar, *aleluia*, e de longe penetra os nossos pensamentos.

— A-aleluia — repito, mas percebo que sou a única. Ele estava falando essa palavra em cada frase, achei que seria rude se não o acompanhasse.

— Agora olhe para o irmão do seu lado — o homem prossegue — e me diga: o que essa pessoa acharia de você se conhecesse todos os seus pensamentos?

Hesito um pouco antes de obedecer ao comando, então encaro Jojô. Ela sorri e eu retribuo, mas o exercício me deixa com vergonha. Só ao entrar aqui, já pensei que as cadeiras deviam estar suadas e nojentas, reprovei mentalmente a senhora com desodorante vencido e imaginei que devo ser a pessoa mais culta nesse lugar.

Orgulho. Arrogância. Sentir-se melhor do que os outros. São coisas que eu jamais falaria em voz alta, mas que passam pela minha mente o tempo todo. Tenho tantos pensamentos intrusivos que, em dez segundos, qualquer pessoa que conhecesse meu coração acharia que eu sou um ser humano horrível e perderia qualquer consideração por mim.

— Acho que você me expulsaria de casa, Jojô.

— E eu acho que você não ia mais me querer como sua tia — ela responde.

Fico surpresa com a sua confissão, mas ela parece segura do que acabou de dizer. Viramos de novo para o homem.

— Nossa mente é um lugar deplorável, irmãos, e todos vocês devem saber bem disso.

Ele dá alguns passos para trás, fecha os olhos e tempera sua fala com um sorriso.

— Mas existe uma pessoa...

Aleluia.

— ... que conhece o pior de nós...

Aleluia.

— ... e ainda insiste em nos amar.

Faz-se um silêncio por cerca de dois segundos, então as pessoas explodem em exclamações diferentes que eu acho serem de aprovação. Embora confusa, sinto algo no ar que não sei descrever. Como se algo dentro de mim tivesse mudado de forma, sem nunca mais voltar ao estado original.

Não consigo prestar muita atenção às demais coisas que são ditas em seguida. É algo sobre graça, mudança, conversão... Acho que a parte de não conseguir alterar o passado tem algum efeito sobre isso, porque eu não me concentrei na primeira vez. Ou talvez eu só tenha vivido emoções demais para um único dia.

Volto a prestar atenção apenas em um dos momentos finais, quando o homem pergunta se alguém quer entregar a vida a Cristo. Algumas pessoas vão até à frente e uma música melódica começa a tocar. Nesse momento, Jojô segura a minha mão e fecha os olhos por alguns instantes, me oferecendo um sorriso logo em seguida. Não sei o que ela fez, mas sinto meu coração aquecer.

Quando o culto termina, ela me compra uma coxinha com suco na cantina da igreja, e caminhamos de volta para casa. Jojô não pergunta nada nem me pressiona a voltar lá na semana seguinte. Ela ficaria triste em saber que nunca voltei mesmo. Como essa é a segunda vez, e talvez a última, presto atenção em tudo: na textura dos paralelepípedos sob os meus pés, na luz dos postes projetando nossa sombra enquanto andamos, em como nossos passos estão sincronizados e caminhamos ao mesmo tempo com o pé esquerdo e depois o direito. Por que só notamos os detalhes de um momento depois que ele se torna uma memória?

Sorrio sozinha.

— Tenha uma boa noite, querida — Jojô diz quando chegamos em casa. — Amanhã você começa uma nova semana, então descanse.

Ignoro as recomendações de viajantes do tempo e a abraço uma última vez. Tento não demonstrar como isso é doloroso e aproveito a chance para dizer a ela o que nunca consegui.

— Jojô, obrigada por tudo. De verdade.

Não consigo dizer mais nada. Só a aperto bem forte, contendo as lágrimas, em um esforço absurdo para respirar. Jojô passa uma das mãos nas minhas costas e, com a outra, brinca com uma mecha do meu cabelo.

— Não se esqueça, minha menina, que, quando a paz do Senhor é oferecida, você precisa aceitar.

Essa frase não estava no meu passado.

E estou de volta ao assento do carro.

nove.

Você ainda não está morto
Então pare de cavar sua cova
"Treason", Gable Price and Friends

Estou destruída quando atravesso a porta do meu apartamento. Tiro os sapatos desejando muito que Liam esteja dormindo, porque não tenho a mínima energia para interagir com ele depois do que aconteceu hoje. Por isso, passei o resto do dia dirigindo, dando voltas na cidade, e só retornei sob o orvalho da madrugada. Eu precisava de um tempo sozinha.

A casa está silenciosa quando entro, e me aproximo do balcão da cozinha. Destampo uma vasilha com o que sobrou do almoço, e meu estômago ronca. Não comi nada o dia inteiro. Resolvo me atirar no macarrão com almôndegas de William.

Não passo da segunda garfada e começo a chorar.

O problema de ser intensa demais é que pequenas alegrias podem deixar você radiante, enquanto as dores parecem criar um abismo em seu interior que contorce o seu peito como se você estivesse sendo quebrada de dentro para fora. Minha cabeça não lida muito bem com pequenas mudanças na rotina, e ser jogada no meu passado cheio de arrependimentos não é a melhor coisa que poderia acontecer a ela.

Nesses casos, o choro nem sempre significa que estou triste. Às vezes, só tem coisas demais na minha mente, e as lágrimas me ajudam a processar as emoções para colocá-las em ordem.

Mas as pessoas não sabem lidar com isso e ficam tentando me animar com soluções que eu já tenho, dizendo coisas que já sei, quando eu só preciso que elas me deixem ter um pequeno colapso emocional antes de me recompor. É por isso que prefiro chorar sozinha.

Se for um choro dos bons, eu até tenho um pico de energia em seguida.

Termino de comer, largo o garfo e a vasilha na pia, e sigo para o banheiro. Encaro meus olhos inchados e o nariz vermelho no espelho antes de escovar os dentes, lavar bem o rosto e fazer o skincare. Prendo o cabelo em um coque bem apertado, sem deixar nenhum fio escapar e, quando encaro meu reflexo no espelho, sinto-me forte outra vez.

Sigo para o escritório decidida a gastar o resto da noite esquematizando tudo que sei até agora sobre o incidente da viagem no tempo. Afundo na cadeira acolchoada, me sento sobre uma das pernas e pego uma caneta piloto do meu porta-lápis para começar as anotações.

Chamo o evento, carinhosamente, de Efeito Círculo. Primeiro, por causa do círculo na capa do caderninho. Depois, porque ele repete eventos do meu passado. E, por último, porque sempre quis dar nome a um acontecimento estranho; acho demais.

Depois de algumas pesquisas, minha lista fica pronta. Até que cheguei a conclusões bem úteis. Stark e McFly ficariam orgulhosos:

1. O caderninho é o ponto de viagem.

Ok, esse era meio óbvio. Mas isso me levou a outras conclusões não tão óbvias, então precisei colocar em ordem.

2. O caderninho não funciona com qualquer pessoa e, sem a magia, assume um idioma diferente, dependendo de quem o recebe.

Isso explica o dono do sebo achar que ele estava em grego, e Fred, em árabe. Meu editor tem essa ascendência, talvez esteja associado à árvore genealógica.

Mas isso é outra hipótese. Não me interessa agora.

3. Eu viajo exatamente para o momento que o caderninho está narrando.

Isso significa que, se eu não quiser reviver um dia muito, muito ruim, preciso ter cuidado com as datas. E é aqui que meu diário pode ajudar. Se eu tentar sincronizar os meus registros, desabafos ou poemas com a posição das páginas no caderninho, posso estimar para que momento estou indo.

Obrigada, Maeve do passado!

4. Lá, o tempo não passa como aqui.

Durante minhas viagens, o tempo esteve pausado no meu presente. *Ou seria futuro? Estou começando a ficar confusa.* Acredito que, mesmo se ficar por dias no passado, voltarei ao mesmo ponto de onde parti, então não perco nada aqui nem estou em duplicidade lá.

É melhor do que eu imaginava.

5. O último e mais importante de todos: não posso alterar o passado.

As viagens são mais como um passeio pelo museu da minha mente, onde posso reviver tudo, incluindo os sentimentos e as emoções, e onde o que já aconteceu vai me empurrar para o que eu devo dizer ou fazer, para que não haja alterações. Isso explica por que eu desci do ônibus da universidade na parada certa *e* por que sou jogada de volta assim que tento fazer o mínimo de mudança. É tipo o segurança do museu, dizendo: "Ei, mocinha, tire suas mãos daí!".

Pego a caneta piloto e sublinho várias vezes a única frase que escrevi abaixo de todas as minhas conclusões:

O que fazer com isso?

Stark precisava pegar as joias do infinito. McFly precisava mudar o futuro dos pais. Mas e eu? Se não posso mudar o futuro e se pegar coisas do passado me jogaria de volta, de que adiantam as viagens?

A hipótese circula minha mente, então decido fazer mais um experimento. Coloco o caderninho e meu diário lado a lado para escolher alguma data que seja legal reviver e da qual eu possa recolher mais material observativo para as minhas próximas conclusões.

Começo a folhear o diário e passo pelos primeiros meses de faculdade, o primeiro trabalho em grupo — alerta de trauma —, o primeiro aniversário na casa da Jojô e paro em uma folha arrancada no que parece ser a metade do ano de 2018.

Rasgos irregulares me deixam possessa, mas eu não cortei a folha com a régua, como faço desde criança. Eu arranquei com força. Sem dúvidas, eu deveria passar longe desse dia e procurar uma data mais segura.

Credo, até parece que sou cuidadosa.

É para esse dia que eu vou.

dez.

Criamos algumas memórias
É, nós temos um pouco de história
"Dancing", Elevation Worship

Junho, 2018

Estou andando.

Estou andando rápido.

Estou indo para a biblioteca.

Eu poderia dizer que o que me leva até lá é o amor pelos livros, mas, na verdade, só quero um pouco de silêncio. Fico chocada com a capacidade que as pessoas têm de serem *barulhentas*. No fim do dia, a voz delas ecoa na minha cabeça como um bando de fantasmas no porão.

Nessas horas, sinto falta do trailer.

Não era fácil, para mim e meus pais, encontrarmos um lugar onde pudéssemos estacionar e passar a noite. Certa vez, estávamos ao noroeste da Argentina quando um tremor horrível me fez acordar com o coração rasgando o peito. Eu não estava preparada para um terremoto, mas eram apenas os moradores locais sacudindo nossa kombi para nos enxotar dali.

Eles não entendiam a gente. Como poderiam? Os painéis com joias feitas de conchas, pedras e miçangas que carregávamos para todo lado. A barba enorme do meu pai. Os vestidos e bandanas coloridos da minha mãe. Para eles, nós éramos aberrações ambulantes. E, para os meus pais, eles eram escravos do sistema e mentes limitadas. Papai pareceu um pouco decepcionado quando eu também acabei por entrar no sistema e me tornei um dos "fantoches do capitalismo" que ele tanto criticava, mas no fim acabou entendendo — ele nunca me obrigaria a ter o seu estilo de vida.

Depois do incidente na Argentina, nós passamos a escolher lugares mais isolados para ficar, e eu me acostumei à quietude. Mesmo quando meus pais iam a festivais de rock ou eram convidados para alguma exposição de arte nas praças, eu escolhia ficar sozinha no trailer, o que significa que eu *amo* silêncio. O que significa portanto que eu não sou acostumada a muita gente falando alto, esbarrando umas nas outras o tempo todo e rindo de piadas nas quais eu não encontro a menor graça.

— Oi, quer vir à nossa célula hoje?

Uma garota sorridente, usando aparelho ortodôntico, aparece do nada e me estende um panfleto. Baixo os olhos para o papel.

— Você é... de biologia?

Ela dá uma gargalhada.

— Não. É outro tipo de célula. — Ela o coloca na minha mão. — Se você quiser aparecer, é quarta, às dezoito horas, do lado do antigo bloco de Ciências Sociais. Jesus ama você!

Ela grita a última frase antes de sair andando.

Viu só?

Barulhentas.

Continuo meu caminho em direção à biblioteca. Subo as escadas, empurro a porta de vidro e *respiro*. Fora o bipe do registro dos livros e o som das páginas sendo viradas, há silêncio. *E eu respiro esse silêncio.* Ele entra pelas minhas narinas como oxigênio, percorre todo o meu corpo e sai pela minha boca como dióxido de carbono. Ele me abraça. Me diz: "Boa garota, Maeve.

Você sobreviveu ao caos que é a vida em sociedade, agora tire os sapatos apertados e descanse".

É como o trailer. Como voltar para casa.

Caminho para as seções e entro em um dos corredores, onde solto minha mochila dos ombros. Inclino o pescoço e procuro o que vou ler nesse tempinho que consegui entre a aula vaga e a hora do almoço. Meu pé esquerdo se arrasta até encontrar o direito e vou andando assim, como um siri.

Espera.

De onde eu tirei esse...

— Veio mais cedo hoje, *siri dos livros*.

Ele está sorrindo.

Não importa que eu só consiga ter sua visão de perfil. Nem que ela esteja prejudicada por um amontoado de fios marrom-dourados cheios de frizz que caem sobre uma armação de óculos bastante grossa. Eu *sei* que ele está sorrindo porque o conheço bem.

Conheço Liam muito bem.

Lembro que a gente se esbarrava de vez em quando na faculdade. Por sermos de cursos diferentes, era um tanto inusitado. A gente vinha à biblioteca quase sempre nos mesmos horários e trocava uma ou outra ideia. Falávamos sobre livros de que gostávamos, sobre as drogas de leituras obrigatórias da ementa da faculdade e sobre nossos estágios horríveis.

Quando ficamos amigos, ele me apelidou de "siri dos livros" por andar de lado enquanto procuro por um. Tinha deletado isso da minha memória.

— Matou aula para ler? — ele pergunta.

— E você matou aula só para me ver?

Liam ergue as sobrancelhas e sorri em silêncio.

— Meu Deus, Maeve. Você é tão convencida.

Fito meu marido por alguns segundos. *Meu marido*. Isso é

tão esquisito. Eu deveria lembrar que em junho de 2018 já éramos amigos. Mas como foi mesmo que nos conhecemos?

— O que você leu semana passada? — Liam se abaixa para pegar os livros salientes na minha mochila semiaberta e empurra a ponte dos óculos, que deslizaram quando ele abaixou, então pigarreia. — Rainer Maria Rilke. bell hooks. Søren Kierkegaard. Já te disseram que você talvez precise de terapia?

— Devolve.

— Esse último aqui, eu não conheço. Maeve Silva Lee, intere...

Meu diário.

Meu coração dá um pulo. Avanço para tentar pegá-lo da mão dele, mas Liam estica o braço e começa a folhear as páginas no alto. Preciso conter a raiva em sussurros para não ser expulsa da biblioteca, mas ele continua a brincadeira, até que eu enxergo a próxima folha e, em um impulso, consigo puxá-la antes que ele leia. O papel se rasga.

Liam para de sorrir.

— Você é ridículo — digo me recompondo.

— Desculpe. — Ele me devolve o diário e une as sobrancelhas em uma expressão arrependida. Seguro a folha rasgada na outra mão um pouco sem jeito.

Não posso gostar do William, é a frase escrita. Aperto com mais força, amassando o papel enquanto o silêncio paira entre nós.

— Asimov. — Liam retira um dos itens da prateleira, por fim, e ergue o livro na minha direção como uma saudação de despedida. — Já achei o que estava procurando. E você continue andando, sirizinho. — Ele sorri enquanto anda de costas na direção da saída. — Até encontrar algo interessante.

Eu encontrei, idiota.

Não sabia que gostava tanto de você nessa época.

E agora preciso me lembrar de como nos conhecemos.

onze.

Perco minhas defesas
No segundo em que você se aproxima
"Charmed", Ethan C. Davis

Ele, sim.

Essas duas palavras não saem da minha cabeça desde que acordei.

Acho que o excesso de informações que consumo sobrecarrega o meu cérebro — *Steven,* como eu o chamo quando ele resolve criar uma personalidade própria. São muitos livros, filmes e vídeos inúteis. Às vezes, o pobre músculo simplesmente empaca, como um sistema com bug ou — como é mesmo a outra expressão que o Liam usa? — "tela azul da morte", e fica repetindo algo que ouvi em algum lugar, embora eu não saiba onde.

Dormir no escritório deve ter sido a gota d'água para *Steven* aparecer.

Lembro-me de quando, durante o período de escrita, fui assombrada com o termo "síncope vasovagal" por vários dias. Foi tão insistente que resolvi pesquisar e descobri que se tratava de um termo técnico para perda da consciência. É claro, por ser uma palavra bonita, ficou lindo na boquinha do meu personagem que era médico. E, desde então, não reclamo mais desses bugs porque podem ser úteis.

— Ele, sim. Ele, sim. Já entendi, *Steven*.

— Falando com o seu cérebro outra vez?

William está na cozinha, colocando a mesa do café. Eu entrei no banheiro logo depois dele e lavei o cabelo com todos os meus produtos, bem lentamente, para dar tempo de ele sair de casa, mas pelo jeito *Steven* calculou errado.

Dou alguns passos adiante e me sento em um dos bancos da cozinha.

— Você não vai trabalhar?

— Fui expulso pela equipe — ele responde. — Disseram que, se eu não parar um pouco, vou ter burnout.

É, não somos tão diferentes assim.

William não sai do cômodo, o que torna estranha a proximidade entre nós. Minha teoria é que ele se sente culpado pela briga de ontem e, incapaz de verbalizar aquela palavrinha de três sílabas — desculpe —, vai pelo caminho mais fácil: tentar "compensar" agindo de forma legal para que eu não fique chateada.

O pior é que não estou. E isso pode ser bom ou ruim, porque só há duas explicações: ou estou perfeitamente segura do divórcio e já criei uma casquinha contra as brigas, ou as viagens estão começando a me deixar confusa e passei a acreditar que o homem diante de mim é o mesmo que aquele que encontrei na biblioteca.

Não posso deixar isso acontecer.

— Pelo menos conseguimos consertar o problema ontem — ele fala calmamente. — Elara tinha encontrado um bug em uma classe de NPCs, sabe? Se a gente executasse uma série bem específica de comandos, eles começavam a atrapalhar a jogabilidade. É uma chance em um milhão, mas não dava para arriscar.

— Que bom que deu tudo certo — digo.

— Pois é...

William apoia uma das mãos no balcão e, no processo, bate na vasilha de margarina, que patina no granito até ele conseguir estabilizá-la. Ele pigarreia e, com movimentos incertos, segura o pote de cápsulas.

— Qual... qual vai ser a de hoje?

Ele olha para mim. Então, desvia. Depois, olha de novo. Os músculos do meu rosto se contraem em um quase sorriso, acho a situação tragicômica.

— *Mocaccino*.

William assente e começa a preparar o café. Enquanto isso, pego o celular para checar as notificações na ordem de todos os dias: redes sociais, e-mails, ranking de vendas e, por último, o que mais tenho preguiça de responder. Quando chego ao app de mensagens, abro a conversa fixada com Fred e leio o que ele mandou ontem à noite:

Entrevista para o DragonAlly amanhã, às 10h.
É o melhor que posso fazer pela sua dependência laboral.
(É tipo dependência emocional, só que trabalhista. Eu inventei esse nome.)
[Figurinha de The Office *quebrando a quarta parede.]*
[Figurinha da Taylor Swift na frente de um incêndio.]

Meu editor tem doze anos.

— Não sei se você me ama ou me odeia — sussurro.

— Quem?

Liam coloca as xícaras cheias de café no balcão. A minha e a dele, lado a lado. Tento sondá-lo em busca de alguma pista sobre essa manhã esquisita, mas ele finge normalidade, despreocupadamente dobrando as mangas da camisa social até o antebraço. Dou de ombros.

— Tenho uma entrevista hoje para aquele canal de livros de fantasia, DragonAlly.

— Da Ally Rezende? — William pergunta. — Não foi ela que detonou o primeiro livro da série logo depois do lançamento?

Dou um gole no café e balanço a cabeça.

— Ela mesma — confirmo, surpresa por ele ter se lembrado. Ally disse que a escrita era superficial, que o universo era cópia de todos os outros e mais uma porção de coisas que assombraram a minha vida durante uns bons meses. Depois que o livro ficou popular, ela deletou o vídeo. — Mas é o que temos para hoje.

Não posso me dar o luxo de escolher. Venci Fred pelo cansaço.

— Eu vou junto.

— Você? — Encaro William. — Por quê?

— Eu costumava ir com você a essas coisas antes.

Dou um sorriso de canto e desvio os olhos para o celular de novo, bebericando o moca.

— E lembra por que parou de ir? — Inclino a cabeça ao imitá-lo. — *Por que entrevistas demoram tanto? Precisa de tantos takes? Para que você ainda vai gravar stories? Eu estou com fome. Quero ir para casa. Por que você...*

— Já entendi — Liam interrompe, o tom mais grave dessa vez.

Abro as demais mensagens para responder.

— Não quero você lá se for para me apressar.

Continuo mexendo no celular e até chego a digitar algumas respostas, mas sinto o olhar dele sobre mim, então levanto a cabeça outra vez. William cruza os braços na frente do corpo, pressionando-os e deixando as veias à mostra. Sinto vontade de rir. O que deu nele hoje?

— Prometo que vou ser diferente — ele diz.

Não prometa coisas que não pode cumprir.

— William...

— Por favor.

Suspiro. Ele não vai desistir.

— Tá bem.

Seus olhos se iluminam quando ele sorri.

Enquanto ele escova os dentes, arrumo minha bolsa. Tiro o meu diário e o caderninho da viagem no tempo de lá, e coloco-os na gaveta. Quero um dia de folga da confusão do Efeito Círculo, porque até agora ele me trouxe mais dúvidas do que respostas, então acho que a entrevista vai ser uma boa distração. Quem sabe, depois de esquecer as viagens por um dia, eu possa entender melhor os meus sentimentos, tanto no passado quanto no presente.

— Vamos. — Liam surge do nada, pega a bolsa da minha mão e a coloca sobre o próprio ombro. Sou pega de surpresa, então hesito um pouco antes de segui-lo. Trancamos o apartamento e seguimos para o elevador.

A espera é silenciosa. Somos apenas nós dois, próximos demais, encarando as portas de metal. Noto uma pequena falha na pintura, que está descascada, e de repente ela parece mais clara sob o raio de luz de um dia ensolarado em que a mão do William segura a minha e ele me conta, empolgado, sobre suas ideias para o game. Estou sorrindo, então olho para ele, encantada pelo modo como seus olhos brilham quando ele explica algo em que é muito bom. Em outro dia, neste exato local, estamos discutindo se devemos ter um cachorro. E, em outro, ele está rindo de algo que eu disse, com tanta força que às vezes chega a soltar ronquinhos.

Como caramelo que passou do ponto, as memórias amargam. Já dissemos coisas horríveis um ao outro aqui. Já senti tanta raiva dele que preferi descer de escada e parei em um dos lances para chorar. Exatamente nesse ponto, diante dessas portas de metal, nós brigamos.

Depois brigamos mais.

E mais.

E, agora, só há silêncio.

O elevador chega, as portas se abrem e volto à realidade. Descemos e entramos no carro do William, que parece estar impregnado com o perfume dele do assoalho até o teto.

Tento conectar meu celular ao painel para colocar uma música e distrair o meu cérebro, assim ele para de me torturar com a seleção de cenas dolorosas, mas não tenho sucesso. Esqueci que o meu marido não usa aparelhos eletrônicos como meros mortais — tudo tem que ter uma linha de código para funcionar melhor ou um cabo astronômico comprado de um site duvidoso, o que me dá medo de apertar algo errado e acabar criando um Ultron.

Bufo.

— Essa coisa pega bluetooth?

— Usa o meu. — Ele joga o próprio celular no meu colo. — Está pareado com a minha Alexa.

— Você não tem as minhas playlists — rebato.

Liam dá um sorrisinho de canto. Mesmo que eu conheça suas tréguas pós-briga, dessa vez ele parece tão relaxado. Tão diferente.

— O que há com você?

— Eu? — Ele olha rápido para mim. Balanço a cabeça exigindo uma resposta. — Tenho ido a um lugar.

— Um... lugar?

— É. Nas quartas, no horário do almoço, em vez de ir para a academia. É legal. Tipo... Não sei te explicar. Também não sei se você vai gostar...

— Então é melhor você nem me dizer — interrompo. Seja lá o que for, adoraria manter a trégua até o fim do dia. Liam parece concordar, porque deixa o assunto de lado.

Quando paramos em um sinal, ele finalmente conecta meu aparelho ao carro, e a música na fila começa a tocar. É a abertura de uma série morta e sem fandom a que assisti sozinha, na TV da sala, enquanto o esperava dormir para poder ir ao quarto. O mais estranho é que, quando viro para o lado, William está cantarolando a música.

Antes que eu consiga formular uma pergunta a respeito disso, uma ligação surge no painel.

— Oi, Elara.

— Chefe... precisamos de você.

William suspira, então assente como se quem está do outro lado pudesse vê-lo. Ele gira o volante para fazer um retorno.

— Estarei aí em uma hora.

— É melhor você vir antes, chefe. Sei que te demos uma folga, mas... — A voz dela fica mais grave, como se tivesse aproximado o telefone da boca. — É aquele *broken*, ele tá aqui. Não sei se aguento por muito tempo. Tenho que desligar.

A ligação cai. A música volta a tocar. Procuro a trava do cinto de segurança.

— Me deixa na esquina, eu peço um Uber.

— Não, eu vou deixar você lá.

— Tudo bem, William — digo ainda tentando me soltar. — Ela precisa de você. E eu não estou com pressa.

Liam se vira para mim, contrariado. Parte de mim está aliviada de não passarmos mais tempo juntos, não quero confundir as coisas.

— Eu só vou ver o que houve e volto. Eu prometo. Espera por mim.

Assinto e então continuo tentando destravar o cinto, mas minhas unhas estão grandes e me enrolo no processo.

— Mae... — Liam consegue me desprender com um clique e então me faz encará-lo. — Espera por mim.

OOO

Levo cerca de meia hora e três cancelamentos para chegar ao estúdio do DragonAlly.

Fred me enviou um possível roteiro há alguns minutos, o que me deixa aliviada, porque consigo pensar nas respostas com calma. Ele também avisou que Ally gosta de fazer perguntas capciosas e que, às vezes, pode soar um pouco ácida, então eu não deveria levar para o pessoal, mas é claro que eu não faria isso. Apesar de ter quase um milhão de inscritos, Ally ainda é uma adolescente. E, se alguma de nós duas precisa ter maturidade nessas situações, essa pessoa sou eu. Mesmo que seja no meio digital, crianças são crianças, e adultos deveriam fazer o melhor que podem para protegê-las. Não entendo como a maioria se esquece disso.

O estúdio fica em um prédio onde funcionam vários negócios diferentes. A entrada é luxuosa, assim como a recepção cheia de móveis requintados e obras de arte, e o porteiro pede algumas informações antes de fornecer um crachá para que eu tenha acesso ao andar do DragonAlly.

O último vídeo a que assisti — no qual Ally detonava o meu livro — ainda era no cenário antigo, então não sei o que vou encontrar. Porém, assim que a porta se abre, sou transportada para outro mundo. Há uma estante enorme lotada de livros, Funkos e action figures de uma ponta a outra da sala. O painel neon com o nome do canal em letra cursiva tem a mesma cor da luz que reflete no ambiente.

Eu esperava uma estrutura grande, considerando que os pais da Ally são milionários e que ela investe tanto no canal a ponto de alugar um estúdio fora de casa só para ele, mas não imaginava que fosse tão aconchegante. A Mae adolescente, que andava com os livros numa caixa, adoraria ter um espaço como esse.

— Maeve! — Ally aparece dos fundos com alguns bobes no cabelo e me abraça. — Eu estava tão ansiosa por hoje! Não acredito que enfim consegui trazer você aqui.

Bem, parece que passado é passado.

— Obrigada pelo convite, Ally. Seu estúdio é... simplesmente "uau".

— Eu sei. — Ela ri. — Vem, come alguma coisa. Começamos daqui a pouco.

Ally me conduz para um compartimento aos fundos, onde estão algumas pessoas que trabalham com ela — ou para ela, sei lá —, e me oferece um lanchinho. Aceito e me esquivo até um canto de onde a observo. Ela está sentada diante de uma espécie de penteadeira enquanto outra jovem, que parece ter a mesma idade que ela, escova seu cabelo.

Ally tagarela sobre como reuniu referências para sua ideia de cenário durante uma viagem pela Europa que ganhou de presente dos pais. Já eu me distraio imaginando: se eu estivesse no lugar da outra menina, quão incomodada estaria com o abismo social da conversa? Eu odiava isso na universidade. Alguns dos meus colegas falavam de passar as férias na França como se não fosse nada, enquanto eu sabia que outros mal tinham grana para a passagem do ônibus. Eu não estava em nenhum dos extremos, apesar de estar mais próxima do segundo, mas me sentia mal pelo que achava que os outros estavam sentindo.

É uma mania que tenho — e que minha mãe odiava. Ela dizia que nem todas as pessoas são tão sensíveis quanto eu e que a maioria delas não pensa em um terço das bobagens em que penso, só que ainda tenho minhas dúvidas. De qualquer forma, não é culpa da Ally, muito menos da garota — e eu sei lá de quem seria. É melhor deixar o pensamento de lado.

Antes de começarmos a gravação, envio uma mensagem a William avisando a que horas ele pode passar para me buscar. Logo que os dois risquinhos azuis aparecem, guardo o aparelho e a entrevista se inicia. Fico surpresa em como a conversa flui com facilidade. Ally está sendo previsível, de acordo com o roteiro que o Fred enviou, mas seus comentários são bem encaixados e me fazem rir, então tudo acaba soando bastante natural. Conversamos sobre a série e sobre a minha carreira, também lemos algumas postagens engraçadas dos leitores. Quando estamos perto do fim, Ally faz sinal para que a câmera se aproxime e então se dirige a mim.

— Chegamos ao final da nossa conversa, Maeve, mas eu queria adicionar mais uma perguntinha, pode ser? De fã para autora, porque eu adoro os seus livros. — Ela sorri, e eu assinto com uma pontinha de medo. — Conta para mim, por que você escreve?

Não era o que eu esperava.

Nem posso considerar isso uma pergunta capciosa, mas, para mim, talvez seja uma das mais difíceis de responder, pelo simples fato de que ninguém entenderia. Minha língua percorre a fileira superior dos dentes enquanto penso na resposta que eu não posso oferecer.

Por que eu escrevo, oras? Porque o mundo é exaustivo. Pesado. E sufocante. Porque as pessoas agem de maneira idiota, fazem coisas ruins e machucam umas às outras. Mas, se você foge para se esconder em seu próprio mundo, encontra em si mesmo um coração tão fraco quanto o delas. Você jamais cometeria os erros que aquela pessoa cometeu, é óbvio. Mas você comete outros tipos de erros. Você sente inveja da amiga que merece o mundo, e você sabe disso, só não consegue controlar. Você quer que a sua vizinha cale a boca porque sua bateria social está esgotada, mesmo que ela só queira conversar um pouco. Você adoraria ter um dia de folga dos seus filhos, mesmo que os ame mais do que tudo, porque está cansada. E você se odeia por isso. Odeia que não seja melhor do que isso. Você é o humano de quem fugiu.

Eu escrevo e crio seres tão deploráveis como nós mesmos, mas posso dar a eles um arco de desenvolvimento. Posso torná-los inspiradores e admiráveis. Mas e quanto aos outros? Quanto a mim? Não temos essa certeza. Não temos nenhuma garantia de que, no fim do dia, ou do ciclo, ou da vida, seremos melhores.

Como eu seria capaz de responder a algo assim com sinceridade? Como eu poderia expor o meu coração desse jeito e esperar que as pessoas não me achem louca? Como posso esperar que Liam fique comigo quando só o empurro para longe, ou que ele ainda me ame sendo que eu estou sempre perdendo a minha mente? Ninguém, neste mundo ou em outro, seria capaz de amar uma criatura tão confusa e instável quanto...

Ele, sim.

O mundo silencia por alguns instantes. Não estou no DragonAlly. Ou na minha cabeça. Não estou em nenhum lugar.

Ele...

— Maeve? Você ouviu a minha pergunta?

Ele, sim.

— Mas quem é *ele*? — sussurro de volta.

— O quê?

Ergo os olhos para Ally e encontro sua expressão confusa. Olho para os livros ao redor. Para a câmera. Para a placa de neon na parede. Retorno à realidade, reassumindo o controle.

— Desculpa. — Engulo em seco e tento reorganizar as ideias. Pigarreio. Mudo o tom de voz. — Eu escrevo porque é um mundo que posso controlar. — Então, abro um sorriso daqueles que meu pai dizia ser capaz de derreter toda a neve do monte Fuji. — Não é empolgante?

Ally pisca por alguns segundos. Depois gargalha, dando mais crédito à piada do que ela realmente merece. E eu sorrio de volta, embora me sinta péssima. Nem sei o motivo, mas há uma pontada de frustração no meu peito. É como se eu fosse uma criança que soltou o balão sem querer e o viu escapar de suas mãos.

Assim que terminamos, me despeço de todos e sigo para o saguão na torcida para que Liam já tenha chegado, mas o carro dele não está aqui. Checo a mensagem visualizada e sem resposta, então tento ligar, só que ele não atende. Começo a me sentir sufocada. Atravesso a porta de vidro e fico do lado de fora, na frente do prédio, enquanto faço outras tentativas frustradas de falar com meu marido. A brisa morna forma gotinhas de suor acima do meu lábio superior, e o bug do meu cérebro continua ecoando em algum canto, exigindo um esforço absurdo para que eu consiga ignorá-lo. As outras preocupações se juntam ao ataque: o divórcio, as viagens no tempo, a droga de sonho de ter uma família...

Eu me sinto febril. Pior do que isso. Me sinto *sozinha*. Meus pais estão em outro país. Não tenho amigos. Não tenho mais a pessoa que foi minha única família por anos. E o *idiota* do meu marido não atende o celular. Meus olhos estão se enchendo de lágrimas, as pessoas estão me encarando, e isso me deixa com muita raiva, porque odeio me sentir tão vulnerável.

A voz robótica encaminha minha ligação para a caixa de mensagens outra vez. A quinta vez. Só então tenho a ideia de ligar para o telefone do trabalho e enxugo uma lágrima solitária quando, depois de três toques, William atende.

— Sou eu.

Ele fica em silêncio. Por três longos segundos.

— Maeve... Me perdoa. Eu esqueci. Eu...

— Vai para o inferno, William.

doze.

Eu preciso de algo a que me agarrar, então,
Jesus Cristo, você poderia apenas me segurar bem firme?
"JESUS CHRIST (HOLD ME STEADY)", GABLE PRICE AND FRIENDS

Li em um livro uma vez que você precisa encontrar um balanço entre coisas abstratas e coisas concretas. Como alguém que passa muito tempo na própria cabeça, acho essa dica valiosa. Quando ando demais no campo das ideias, eu faço alguma coisa com as minhas mãos: cozinho, pinto, saio para fotografar. E, quando estou trabalhando demais em coisas concretas, vou para os jardins secretos da minha mente: ouço música, leio, escrevo... Acho que isso me ajuda a ser inteira.

Depois do caos de hoje mais cedo, resolvo dar uma folguinha ao *Steven*. Talvez o meu pobre cérebro não esteja atacando, e sim contra-atacando, porque eu o maltratei primeiro, então tento me desculpar com ele. Tomo um banho quente, visto um pijama confortável e coloco minha banda favorita para tocar bem baixinho na Alexa. Em seguida, abro o armário e encaro minha prateleira superior ao decidir o que vou cozinhar.

Meu inventário mental me lembra de que há um saco gigante de gotas de chocolate esquecido em algum canto da despensa. Comprei no impulso em um belo dia em que tinha acordado decidida a fazer panetone, até descobrir que é mais fácil ser astronauta da NASA do que produzir o pão natalino em casa.

— É melhor ir de cookies — digo.

Coloco todos os ingredientes sobre a mesa e salvo a receita mais fácil que encontrei na internet. Porém, quando estou prestes a começar o trabalho, o interfone toca.

— Oi?

— Dona Maeve... — É o porteiro do turno da noite. Jamais confundiria a sua voz, tão parecida com a do meu pai. — O seu William está aqui embaixo com dois... dois colegas...

— Do trabalho — alguém diz ao fundo.

— Do trabalho — ele repete.

Encosto na parede. É uma pena não poder dar uma de Homem-Aranha e fingir que isso não é problema meu.

— O William está com eles, seu Ari? — Franzo o cenho. — Não entendi por que o senhor precisa da minha autorização?

Ele faz uma pausa.

— É que o seu William não está em boas condições.

Abro a boca para fazer mais perguntas, mas desisto. Em vez de pedir detalhes, digo ao porteiro para deixá-los subir. Calço os chinelos por cima das meias e sigo em direção à sala bastante irritada, porque, além de me esquecer na entrevista, William ainda decidiu atrapalhar meu único momento de paz. Mas não tenho muito tempo para pensar, porque, assim que abro a porta, um grande peso de massa humana é colocado em cima de mim.

— Ah, desculpa, Maeve — diz um dos rapazes. Já os vi de relance em alguma reunião virtual sobre o game, são estagiários. Acho que o nome do primeiro é Arthur. — Meu braço já estava dormente.

William mal consegue ficar de pé. Tento levantar a cabeça dele, mas está molenga sobre o pescoço. Só consigo sustentá-lo porque o outro menino não desistiu tão fácil quanto Arthur.

— O que aconteceu?

— A gente estava trabalhando de boas — o segundo explica. — Daí fomos comprar pasteizinhos e demos alguns para o chefe, é tradição quando trabalhamos até tarde. Só que é sempre Elara quem compra, e ela nunca nos disse que ele era alérgico a...

— Camarão — completo, reconhecendo o problema. — Mas a alergia não o deixa assim. Além do mais, tem sempre remédio na bolsa.

— Esse é o problema — continua o segundo. Lembrei que ele se chama Lucas. — O chefe tinha deixado o antialérgico em cima da mesa e confundiu com o remédio para dormir da Elara.

Arthur cospe uma risada, mas a contém e pede desculpas em seguida.

— Ele estava distraído hoje — Lucas comenta. — Com alguma coisa.

Liam mexe um pouco a cabeça, me sufocando com o próprio peso.

— Que caos! Pelo menos ele tomou o remédio para alergia? — pergunto e ergo a voz diante do silêncio. — Espera, estão me dizendo que envenenaram o meu marido e não fizeram nada para...

— Calma, calma, Maeve. A gente cuidou dele, eu juro — Lucas interrompe. — Elara levou o chefe para a emergência e lá deram o remédio certo, então ele vai ficar bem. Só que, por causa da mistura, ele ficou meio... *chapado.*

Arthur não consegue segurar a risada dessa vez e, em resposta ao barulho, William balbucia alguma coisa, o hálito quente no meu pescoço me deixando desconfortável.

— Elara disse que ia te mandar mensagem, mas como, *teoricamente,* a culpa foi nossa, a gente se ofereceu para trazer ele para casa. — Arthur se recupera da crise de riso.

— Eu ofereci — Lucas diz. — E você ainda precisa pagar sua parte do Uber.

— Não, não precisa. — Estico o braço para pegar a minha bolsa e tiro algumas notas de lá. — Isso aqui é pelo que vocês gastaram e isso aqui é para voltarem para casa.

— Tem certeza de que não precisa de ajuda? — o mais ajuizado pergunta. Nego com a cabeça. Liam falou uma vez sobre os dois estagiários morarem em outra cidade, imagino que devem estar bem longe de casa.

— Está tudo bem.

— Hum... — William passa os braços em volta da minha cintura, pesando ainda mais.

— Ou vai ficar — digo. — Obrigada por trazerem ele para casa.

Eles se desculpam outra vez e então vão embora. Dou alguns tapinhas na bochecha do meu marido, e ele abre os olhos com dificuldade, focando-os em mim. Seu rosto está vermelho e ainda meio inchado. Fecho a porta da sala apoiando-o em mim e caminho com ele até o quarto. Coloco William sentado na cama.

— Nossa, você precisa tomar um banho — digo e estendo a mão para os botões da camisa. A camisa que ele arregaçou hoje de manhã para mostrar as veias. Sinto vontade de rir outra vez.

Ele as empurra com força.

— Você não pode tirar a minha camisa.

Ergo as sobrancelhas. A voz dele está pesada e seus olhos, quase fechados. Mas não há hesitação em seu tom.

— Como é?

— Só uma pessoa pode, só... — Ele retorce o rosto em uma careta. — Só a minha Mae. Que saudade dela.

Não consigo evitar um sorriso.

— E para onde ela foi?

— Eu não sei. — Liam tomba e se remexe na cama, abraçando um travesseiro. — Não sei mesmo. Ela está em um lugar muito, muito longe, e eu... eu tentei fazer ela falar comigo ontem, mas deu errado.

— Ah, é?

Dou corda ao delírio para que William me deixe cuidar dele. Tiro os óculos de seu rosto e os coloco ao lado do abajur. Tiro os sapatos também, carregando as pernas dele para cima da cama, e faço uma anotação mental para trocar os lençóis amanhã.

— Eu fiz uma coisa ruim. Fiz uma cena na frente do amigo dela. Porque eu queria que ela gritasse, xingasse, brigasse... desde que ela falasse comigo.

Paro onde estou por alguns segundos para processar a informação. Não achei que a conversa fosse tomar esse rumo. William parece tão vulnerável agora, não vou me aproveitar disso.

— É melhor você dormir, tá? Boa noite.

Ele segura meu braço quando me afasto.

— Se ela estiver lá na sala, não diz que eu estou acordado, tá bom? Ela fica lá até eu dormir. E então eu finjo que estou apagado para ela ficar aqui do meu lado.

Sinto uma pontada de culpa.

— É por isso que você sabia a letra da música? — Tiro uma mecha de cabelo do seu rosto. — Estava acordado o tempo todo?

— Eu amo tanto você, Mae.

Liam fecha os olhos ainda segurando meu braço. O que mais dói é saber que ele não contaria nenhuma dessas coisas se estivesse em sã consciência, e é por esse motivo que não posso voltar atrás na minha decisão. Isso é tanto por mim quanto por ele. Nós dois estamos sofrendo, nós dois merecemos coisas melhores.

— Você não me ama — digo baixinho. — Só está acostumado comigo. Mas vai ficar bem quando eu partir.

Espero que eu também fique.

treze.

Eu só estava tentando andar ao seu lado
Acho que meu orgulho entrou no caminho
"I'M SORRY", CORY ASBURY

O cheiro dele chega ao meu cérebro antes que eu abra os olhos. É uma manhã nublada. Ontem à noite, tentei ficar parada até William pegar no sono e, no processo, acabei adormecendo ao lado dele, então meu marido está na exata posição em que o deixei — exceto sua mão, que escorregou do travesseiro e está virada para cima, os dedos voltados para a palma.

É quase um reflexo, mas encaixo meu mindinho no dele. Liam sempre foi mais fã de toque físico do que eu, então unir nossas mãos desse jeito era uma solução para deixá-lo satisfeito quando estávamos ocupados demais para darmos atenção um ao outro.

— Ainda encaixa — sussurro e entrelaço todos os dedos aos dele, sentindo a textura da sua pele na palma da minha mão. Desfaço o toque em seguida. Não deveria ser tão difícil entender que Liam e eu amamos versões um do outro que não existem mais.

Decido me levantar.

Faço uma cápsula de café com leite simples e sigo para o escritório. Segurar a mão do Liam daquele jeito específico me fez lembrar a melhor fase do nosso relacionamento — quando éramos apenas amigos. Então penso na última viagem no tempo e no fato de que ainda não me lembrei de como nos conhecemos.

É frustrante. Frustrante como desejar cantar uma música antiga quando você sabe perfeitamente o refrão, mas seu cérebro se recusa a te dar o começo. Sei que essa falha vai me incomodar até eu descobrir a peça que falta, por isso pego meu diário na gaveta e procuro alguma menção direta ao William ou a qualquer "garoto esquisito que vive de fones", como ele era na faculdade, mas não encontro nada. Pego o caderninho da viagem do tempo em seguida e hesito, porque sei que, sem os meus registros de guia, em vez de ir para o dia em que nos conhecemos, posso ir para um dia em que já estava apaixonada por ele. E isso vai acabar comigo, especialmente na situação em que estamos.

Mas, por outro lado, essas memórias ainda pertencem a mim. Se vamos mesmo terminar tudo, se vou precisar deletar tudo que me lembra o William e seguir em frente depois do divórcio, essa pode ser minha última chance de vivê-las sem culpa, nem que seja para me despedir.

Uma despedida. É isso o que o dia de hoje vai ser.

Havia colocado um marcador no dia da última viagem, então avanço algumas páginas, abro o caderninho e começo a ler. Talvez seja minha atitude mais perigosa desde que comecei a viajar no tempo. É como colocar meu coração em uma balança enquanto estou vendada, sem saber se minha decisão — tão instável — vai pesar mais do que o que sinto no momento para onde estou indo.

Assim que reconheço o dia, sei para que lado a balança vai pender.

OOO

Dezembro, 2018

— Que bom que você veio. — Ele sorri. — Por favor, não repara a bagunça.

Liam parece diferente da última vez, daquela na biblioteca. Ele trocou os óculos por uma armação bem redondinha, e o cabelo está mais curto, mas são os olhos... Seus olhos agora parecem brilhantes e ansiosos, como os de uma criança na véspera de Natal.

— Não precisa tirar os sapatos.

— Tá bem — concordo, então entro no apartamento e *reparo* na bagunça. Dá para perceber que ele arrumou tudo às pressas. As louças estão lavadas, mas a pia está cheia de sabão. Os livros estão na estante, mas totalmente desorganizados. E há cheiro de salgadinhos no ar.

— Cadê o seu colega de quarto?

— Jogando videogame — Liam responde ao se sentar à mesa, onde estão um notebook, dois livros abertos e um copo de suco pela metade. — Ele não vai incomodar a gente, pode ficar tranquila.

Ele sorri de novo. Tão nervoso.

Relaxa, bobão. Ela também gosta de você.

— Obrigada por me convidar — digo, então tiro meu notebook da mochila. A energia na casa da Jojô foi embora enquanto eu estava fazendo o trabalho para amanhã. Meu computador viciado só funciona na tomada, por isso mandei mensagem para o William e perguntei se ele conhecia algum lugar aberto aos domingos onde eu pudesse terminar o que tinha começado.

Era uma desculpa para falar com ele. No último semestre de Engenharia da Computação, Liam estava trabalhando no TCC e mal aparecia na biblioteca, e eu sentia falta das nossas conversas. Só não esperava que ele fosse oferecer sua casa para eu vir estudar.

— De nada. — Ele sorri de novo. *Vou parar de registrar isso.* — Se você quiser alguma coisa, é só pedir.

— Ok.

Nós nos concentramos em nossas próprias tarefas pelas próximas horas, sentados em lados opostos da mesa. O silêncio só não é absoluto por conta de cliques no mouse e teclas sendo batidas de vez em quando, além de suspiros de cansaço de ambas as partes. Sei o que Liam está pesquisando: referências para desenvolver um jogo. Ele se formou e foi promovido no estágio por causa desse projeto no qual tem trabalhado por todos esses anos. Mesmo antes do lançamento, o jogo já quebrou várias marcas durante a pré-venda e se tornou um dos mais aguardados da comunidade gamer. Por isso, cada vez que ele solta um muxoxo ou leva as mãos ao rosto, frustrado, quero dizer que ele vai...

— Você vai conseguir.

Estico a mão atravessando a mesa para encaixar meu mindinho no dele. É engraçado ver que minha versão do passado fez exatamente o que pensei em fazer, mesmo sem saber sobre o sucesso do jogo. Acho que, em qualquer linha do tempo, sempre vou acreditar que ele é o melhor no que faz.

Liam reage ao toque encaixando os outros dedos e massageando minha mão com o polegar. Vejo-o sorrir por cima do notebook e volto a me concentrar na tela, mas mantemos o encaixe. Estou apenas revisando meu trabalho, ele está apenas pesquisando, então não precisamos mesmo das duas mãos para o que estamos fazendo.

E, se precisássemos, daríamos um jeito. Foi o que fizemos em todas as outras vezes que vim aqui para estudar. Ficamos assim por horas. Nas tarefas mais chatas ou desafiadoras. Quando as coisas davam certo ou errado. Ele defendeu o TCC primeiro aqui, para mim e para as almofadas dos Vingadores, antes de defendê-lo de verdade. Eu vim aqui na primeira vez que fui reprovada, chorando feito uma criança, e me acalmei só porque William parecia mais desesperado do que eu, sem saber o que fazer. A vida na universidade podia ser uma droga, mas, se estivéssemos juntos, tudo ficaria mais leve.

Sinto falta de quando ele era o meu melhor amigo.

— Você não está com fome? — Liam quebra o silêncio depois de algum tempo. Bocejo, então olho para o canto da tela. Já são nove da noite. Nem vi a que horas começou a chover.

— Vamos pedir alguma coisa.

— O entregador vai se molhar. — Ele se levanta, parecendo empolgado em seguida. — Quer comer lámen do Naruto?

— De quem?

— Do Naruto. Meu anime favorito.

Hesito.

— Você ainda vai preparar? Quanto tempo vai demorar?

— Eu prometo que vai valer a pena. — Ele ignora minhas perguntas. — Olha, ontem foi dia de mercado, então tenho todos os ingredientes. É um momento raro. Além do mais, o Naruto me criou. É uma comida afetiva.

— Mas precisamos terminar o trabalho...

— Deixa de ser chata, Maeve.

Liam cruza os braços na altura do peito. O moletom está arregaçado até os cotovelos. *Por favor, Maeve do passado, não diz o que você vai dizer.*

— Não faz isso.

— Isso o quê?

Cala a boquinha. Cala a boca.

— Não pede as coisas com esse braço cheio de veias. Me desconcentra.

E eu vivo essa vergonha duas vezes.

Gente apaixonada faz coisas idiotas mesmo.

Liam descruza os braços por impulso e abaixa a cabeça corando violentamente. Então, eu me dou conta, tarde demais, de que disse o pensamento intrusivo em voz alta. Pigarreio antes de reassumir a postura.

— Você disse lámen do Naruto, né?

catorze.

Você está curando meu coração
Enquanto presto atenção em você
"Taste and See", John Mark Pantana

Fico no passado até a hora em que deveria ir embora da casa do William.

Assisto a tudo enquanto ele prepara o lámen e me conta sobre seus episódios favoritos de Naruto e sua extensa lista de animes, que, por algum motivo, ele agora também considera minha. No futuro, vamos tentar assistir a um ou dois juntos, eu vou dormir no meio dos episódios por causa dos horários irregulares da escrita, e ele vai desistir da nossa lista, passando a assistir sozinho.

Tento analisar todas as falas da nossa conversa para ver se encontro alguma pista ou gatilho que me faça lembrar como nos conhecemos — já que esse foi o motivo pelo qual recorri ao caderninho hoje —, mas é um esforço inútil. Então, simplesmente pergunto. E, como era de se esperar, isso me joga de volta para o presente.

Mas não volto sozinha.

Volto com uma fome absurda de lámen do Naruto.

Peço todos os itens no app de mercado e, enquanto espero a entrega, limpo o balcão, guardando os ingredientes da receita de cookies que não consegui fazer ontem. Desço para buscar as sacolas e separo tudo de que vou precisar para o lámen. Começo pelo *udon*, que coloco para cozinhar. Sigo todos os passos que vi William fazer há alguns minutos — ou melhor, há cinco anos — enquanto o cheiro de petricor misturado a shoyu da nossa primeira refeição juntos volta à minha memória.

O clima está úmido lá fora. É quase um déjà-vu.

— Mae...

Ouço a voz dele atrás de mim, e meu coração palpita. Quase sorrio. Já faz tempo que o que pulsa quando o ouço são as minhas têmporas — sempre de raiva ou frustração. Relembrar o que éramos antes e onde viemos parar me faz questionar em que momento nos desencontramos.

— Oi. — Viro para encará-lo. O inchaço cedeu, dando lugar a manchinhas vermelhas pelo seu rosto. Liam ainda parece meio zonzo.

— Senti cheiro de macarrão.

— Estou fazendo lámen — digo.

— Lámen?

— É. Lámen do Naruto. Senti vontade. — Saudade. Senti saudade. Mas essa é uma palavrinha muito perigosa agora.

William fica parado na mesma posição. Em silêncio. Parece em choque.

— Não se preocupe, ninguém é envenenado duas vezes em um espaço de vinte e quatro horas. Seria azar demais.

Ele arregala os olhos. Eu começo a rir da minha própria piada. E, quando o som da minha risada reverbera, ele relaxa os ombros e ri também.

Ah, droga.

Viro de costas outra vez. Aperto os olhos, repreendendo a mim mesma. Na minha cabeça, talvez eu ainda ache que ainda estou no passado, cozinhando lámen no apartamento que ele divide com o amigo, e que estamos bem. Mas as coisas não são mais assim. Não são. Não posso me confundir.

Isso é apenas uma despedida. Não foi o que eu resolvi mais cedo?

— É melhor comer enquanto está quente, você sabe como é gorduroso — digo sem olhar para ele.

— Vou tomar um banho primeiro.

William passa por mim, então segue para o banheiro. Solto o ar devagar.

Monto duas tigelas de lámen com *udon*, caldo, barriga de porco, *nori* e *narutomaki*. Parto o ovo cozido em dois e coloco uma metade em cada. Finalizo com cebolinhas, toque pessoal. Fico tão orgulhosa do meu trabalho que até tiro uma foto e coloco nos stories. Logo William se senta em um dos bancos altos, com o cabelo pingando gotículas de água no balcão, e é engraçado como isso me irrita muito menos do que costumava irritar — talvez porque sei que essa é uma das últimas vezes. Tudo se torna mais suportável perto do fim.

Por alguns segundos antes de comer, ele fecha os olhos, o que é novidade. Enquanto isso, olho bem para o seu rosto e imagino por que raios não me lembro de como nos conhecemos. Eu poderia simplesmente perguntar a ele, porque, entre nós dois, William sempre teve a melhor memória, mas isso o deixaria chateado porque eu tive *coragem* de esquecer algo tão importante.

Mas que diferença isso faz? É nossa última refeição juntos. Mesmo se brigarmos, daqui a uns anos, nenhum de nós dois vai se lembrar desse dia. Pelo menos eu vou me livrar dessa lacuna na minha mente.

Vamos lá, Maeve. Nem vai doer.

— Escuta, você se lembra de como nos conhecemos?

William parece ignorar a pergunta. Ele segura a tigela fumegante com as duas mãos enquanto mastiga o *nori* em silêncio. Pela demora, imagino que ele também tenha esquecido. Viu? Bem melhor assim.

— Tudo bem, não era nada importante. — Dou um pequeno sorriso. — Eu só perguntei porque na entrevista de ontem falamos tanto do passado que eu...

— Suco de uva — ele interrompe. Então, faz uma pausa, cutucando o lámen com o hashi. — Macarrão e suco de uva foram feitos para ficarem juntos. Não importa se é espaguete e vinho na Itália ou miojo com Tang no Brasil. Sempre combina.

Liam dá um sorriso satisfeito. Parece orgulhoso da resposta. Começo a achar que o efeito do remédio ainda não passou.

— Mas o que...

— Foi o que você disse no dia em que nos conhecemos. — Ele suga o macarrão fazendo um pouco de barulho e aponta para a tigela em seguida. — Isso aqui ficou muito bom.

Fico em silêncio. Abro a boca para responder alguma coisa, mas desisto no meio do caminho. Só consigo formular uma pequena frase.

— Você foi tão... *específico*.

— É normal você não se lembrar, acho que não foi um grande evento para você. — Ele prossegue separando as cebolinhas do prato. Esqueci que ele não gosta disso. — Era hora do almoço e eu fui comprar miojo de copo no Centro Acadêmico de Letras, porque o de Engenharia da Computação vivia lotado. Tinha duas opções de suco, e o atendente me perguntou qual eu queria. Você estava na fila e respondeu por mim num tom engraçado e impaciente. Acho que queria me apressar. Mas seu argumento foi tão bom que não questionei. Eu aceitei o suco de uva. E também aceitei que nunca mais deixaria de prestar atenção em você desde então.

Como se se lembrasse de alguma coisa, William dá um pequeno sorriso que logo muda de forma, parecendo mais travesso quando ele coloca a língua em um dos extremos da bochecha.

— Eu sempre dava um jeito de te ver — ele faz aspas com o indicador e o dedo médio — "acidentalmente".

— "Acidentalmente"? — pergunto, incrédula.

— A primeira vez na biblioteca, eu juro que foi coincidência — ele se defende. — Você não me notou, mas eu vi os livros que você levou. Eles seguiam um padrão. E analisar padrões é basicamente o meu trabalho, então...

William para de falar e leva a tigela à boca até acabar todo o caldo escuro. Ele me tortura contando a história com tantas pausas.

— Então...?

— Um dia, eu tinha um palpite — ele continua. — Você parecia estar lendo os da Clarice em ordem cronológica. Chequei o único exemplar do próximo da lista todos os dias, no site do acervo, até ele aparecer como reservado. Eu sabia que era você quem tinha pedido. Só não sabia a que horas você ia buscar. Então fui até lá e fiquei esperando. Você apareceu depois de umas duas horas. E aí eu tomei coragem e fui falar com você.

— Por que nunca me contou isso?

— Você nunca perguntou.

William ainda está sorrindo. Não sei o que dizer. Não esperava nem que ele se lembrasse disso, quanto mais com tantos detalhes. Quantas coisas sobre a minha própria vida ainda preciso descobrir?

— Quer saber de uma coisa? — pergunto.

— Hum...

— Odiei todos os livros da Clarice Lispector.

William ri.

— Quer saber de uma coisa? — ele repete.

— O quê?

— Quando se trata de você, Maeve, eu me lembro de tudo. Até do que eu queria esquecer.

Liam me encara só um pouquinho e depois abaixa a cabeça. Guardo silêncio por um bom tempo, processando sua frase, e fico sem graça. Ele funga em seguida, como sempre faz ao comer comida quente. Acho que é a primeira vez que noto há quanto tempo não ouvia esse som. Há quanto tempo não dividíamos uma refeição.

Céus, e se tivermos feito tudo errado?

Nossos celulares vibram quase ao mesmo tempo.

— A propósito — ele diz ignorando a notificação —, o evento de lançamento do *World of Xangrim* é no domingo. Sei que você odeia lugares cheios, mas Elara queria muito que você fosse. Ela vive perguntando de você.

— Eu vou — respondo. Faço isso tão rápido que William tem um pequeno sobressalto. Ele não sabe como me sinto culpada agora, então apenas balança a cabeça.

— Obrigado.

Em seguida, Liam levanta e começa a lavar a própria tigela. Eu mal toquei no meu lámen. É como se um animal grande e pesado estivesse sentado no meu peito, sem deixar espaço para eu respirar ou engolir nada.

O celular dele começa a vibrar.

— Atende para mim?

— Hã... — Hesito. — Tá bem.

Checo o visor antes de aceitar a ligação, mas ela cai, me dando uma bela visão do papel de parede de William: nossa festa de casamento. Alguma coisa se contorce entre o meu coração e o meu estômago, e o mar da minha mente passa de agitado a tempestuoso. Não era para ser assim. Era para ser só uma despedida. Por que isso mexeu tanto comigo?

O celular começa a vibrar de novo e, dessa vez, consigo atender, reconhecendo a voz do outro lado. Antes que eu diga "alô", Raul — cunhado dele — despeja um monte de informações de uma vez só. Liam se vira diante do meu silêncio. Murmuro um "ok" e desligo, vendo uma linha lentamente surgir entre suas sobrancelhas.

— O que foi?

— Você fica calmo. E eu dirijo.

quinze.

Eu queria reparar todos os mal-entendidos
Os meus transtornos, meus sumiços
"Sonhadora", Daniela Araújo

Desacelero devagar quando o sinal fica vermelho. William sacode uma das pernas com tanta força que chacoalha todo o seu corpo. Embora eu tenha explicado calmamente que Yara está em um hospital confiável e que bebês prematuros crescem sem nada de errado na maioria dos casos, ele continua tenso.

Por dentro, estou tão nervosa quanto ele.

As mulheres na família do Liam têm um histórico de gravidez de risco. A mãe dele quase morreu no parto de Yara, e ele ficou tão assustado quando a irmã mais nova disse que estava esperando um bebê que eles brigaram feio. Talvez ele tenha medo de que aconteça algo antes de eles fazerem as pazes, ainda mais depois de termos adiado tanto uma visita.

Raul e Yara se mudaram para uma cidade mais tranquila, no interior, para que ela ficasse em repouso absoluto. Na verdade, a vida dos dois mudou radicalmente depois de descobrirem que seriam pais. Minha cunhada abandonou o emprego em uma mega-agência de publicidade, o marido deixou um cargo executivo que tinha acabado de assumir, e os dois montaram um restaurante na nova cidade, começando do zero. Apesar da chuva de críticas que receberam, Yara me disse uma vez que eles não se arrependem de terem escolhido o que era mais importante *para eles*, mesmo que não faça sentido para mais ninguém. Eu admiro a coragem que tiveram.

Apesar de tomarem todos os cuidados, Raul disse que Yara teve um pico de pressão arterial ontem e precisou adiantar o parto por causa do possível quadro de pré-eclâmpsia. Contei ao William apenas o necessário para que ele não ficasse ainda mais nervoso, mas também estou aflita com a falta de notícias.

— Você pode, por favor, desligar o rádio?

— É música clássica — digo. — Ajuda a acalmar.

— Não está funcionando.

Giro o botão para deixar o volume zerado. Troco a marcha do carro quando o sinal abre e sigo para a estrada que leva ao interior, onde Yara está.

— Eles vão ficar bem, Will.

— Você não quis me dizer em quanto a pressão dela estava.

— Eu disse que o Raul falou tudo muito rápido e não me deu os detalhes.

William solta um suspiro e aperta a cabeça contra o encosto do carro. Fica em silêncio por um tempo. Sua voz é quase um sussurro.

— E se eu perder eles, Mae?

— Você não vai.

— Mas e se...

— Ei, olha para mim — ordeno antes de ligar a seta e checá-lo por um segundo. — Você leu *Reino quebrado*, não leu?

— O quê?

— *Reino quebrado*. O segundo da série.

— Eu li todos os seus livros — ele responde com uma voz monótona. — Por que isso agora?

Ultrapasso uma carreta e volto para minha faixa.

— Você se lembra do Aiden? O carinha de olhos laranja que podia determinar o futuro apenas ditando as próximas frases?

Ouço-o murmurar um "hum" preguiçoso e mudo a voz para um tom solene.

— Sou a criadora daquele *maldito* universo. Estou pegando a sobra do pozinho mágico e jogando em você.

Estendo a mão sem rumo, sem tirar os olhos do para-brisa, e ela aterrissa bruscamente entre a lente dos óculos e o nariz de William.

— Ai!

— Foi mal. — Eu rio.

Ele também ri.

— Ótimo. Agora suas palavras vão ditar o que vai acontecer. É uma grande responsabilidade, não deixe subir à cabeça — instruo, e ele permanece em silêncio. — Vai, diz alguma coisa útil.

— Vai ficar tudo bem com a Yara.

— Bom menino. O que mais?

— O Noah vai nascer saudável e talvez precise de alguns cuidados, mas vai ficar bem.

— Aham.

Balanço a cabeça, desacelerando próximo a um cruzamento.

— E nós três vamos fazer tantos passeios juntos que as pessoas vão achar que ele é nosso.

Solto a embreagem rápido demais e o carro morre. Levanto os olhos para encontrar os de William, mas logo desvio. Como ele pode falar isso como se não fosse nada de mais?

— Vou ligar a música de novo — eu anuncio.

Atravessamos a fronteira da cidade vendo a hora mais brilhante do dia dar lugar ao entardecer. Durante esse tempo, Raul liga para avisar que a cesárea de Yara vai começar e que a pressão arterial estabilizou. William também recebe uma ligação dos pais, o que o deixa desanimado — como sempre —, mas depois a adrenalina desce e ele acaba pegando no sono.

Quando faço uma curva mais brusca, ele se mexe, ainda adormecido. Inclino o banco um pouco mais na tentativa de deixá-lo mais confortável e, com o movimento, sinto meus músculos doloridos por dirigir tanto tempo. Decido fazer uma parada. Estaciono o carro diante de um prédio iluminado, onde pequenas lâmpadas contrastam com a luz violeta do começo da noite, e desço. Caminho alguns passos, empurro a porta com a placa de led escrito "aberto" e entro no lugar.

Tenho um amor genuíno por lojas de conveniência. É estranho, sim, mas, considerando que elas marcaram a minha infância e boa parte da adolescência, é um apego justificável. A vida na estrada era perfeita quando eu era criança, porque tudo era aventura, mas depois de crescer um pouco comecei a desejar menos desafios e mais conforto. Nem consigo explicar como eu me sentia quando parávamos em postos de gasolina com conveniência e eu podia comprar coisas básicas, tipo absorventes e chocolates. Costumava fazer isso escondido, quando meus pais estavam na lavanderia ou abastecendo, mas depois descobri que eles sabiam e até deixavam algum dinheirinho dando sopa para que eu o fizesse.

Eu os amo tanto. Odeio o fato de que meus pais ficam meses sem dar notícias porque devem estar em algum lugar onde nem energia elétrica tem. Às vezes, eu queria que eles se aposentassem da vida nômade e viessem morar perto de mim, mas não tenho o direito de exigir isso. Seria egoísta.

Percorro as fileiras coloridas e pego congelados, refri e salgadinhos. Peço ao adolescente no caixa para usar o micro-ondas e, enquanto espero, começamos a conversar. Ele me mostra os bichinhos de amigurumi que vende para pagar a faculdade, disse que é a mãe dele quem faz, e eu escolho um dinossauro amarelinho para dar de presente ao Noah, já que não tivemos tempo de comprar nada para o nosso sobrinho. Olho pela vidraça e vejo

William acordar, parecendo meio confuso. Então, logo que o micro-ondas apita, me despeço do rapaz e levo as compras de volta para o carro.

Liam já está totalmente desperto quando retorno.

— Trouxe hambúrguer. — Jogo um pacote de Hot Pocket pela janela e dou a volta para entrar no carro. Ele faz uma careta.

— Hot Pocket tem gosto de ferrugem.

—É mesmo? — Dou uma mordida no meu lanche. — Quando foi que você experimentou ferrugem?

— Rá-rá. Suas piadas continuam sem graça.

— E você continua cheio de frescurinhas com comida.

Liam ergue uma sobrancelha.

— Não tenho frescurinhas com comida. Desde que seja *comida* de verdade.

— Tá, tá bom... Mas pelo menos eu trouxe coquinha de vidro — argumento e coloco a garrafa com o canudinho na mão dele. — Garanto que até ferrugem fica bom com coquinha da garrafa de vidro.

William abaixa a cabeça em uma risada sem som.

— Ah, o que foi agora?

— Não sei onde nós dois estávamos todo esse tempo, mas senti saudade.

Eu também senti. Céus, como senti. Mas me pergunto se tudo que aconteceu hoje é o suficiente para acreditar que estamos de volta. E isso revira o meu estômago.

No começo desta semana, eu sabia muito bem o que queria fazer. Mas cada conversa, cada refeição compartilhada e cada segundo a mais que passamos juntos me deixam balançada. Eu deveria me proteger disso. Os papéis do divórcio estão preenchidos na gaveta do escritório, caramba. Eu estava aliviada por finalmente ter tomado uma decisão depois de passar muitas noites em claro pensando em todos os prós e contras.

Não posso me iludir com essas tréguas porque não é a primeira vez que elas acontecem. E eu sempre me pergunto quanto tempo vai durar dessa vez. Quando William e eu voltarmos à nossa distância costumeira, vou me arrepender de não ter acabado com tudo quando tive a chance.

Eu preciso colocar limites. Preciso proteger o meu coração. Domingo é o lançamento do jogo e, na volta, vou contar a ele sobre o divórcio. Então não vou passar a mensagem errada, como se tudo estivesse bem, porque não está.

Só que como faço isso agora? O momento é *tão* delicado.

Terminamos de comer sem muita conversa, devolvemos as garrafas e voltamos para a estrada. William se oferece para dirigir pelo resto do caminho, então coloco o meu álbum favorito para tocar e aproveito a viagem naquele estado meio dormindo e meio acordada, com o rosto voltado para a paisagem.

Em um certo momento, ele começa a falar sobre o tal "lugar" aonde começou a ir a convite do rapaz que faz a limpeza da sala no trabalho. Quando olho para ele, parece que estou vendo a Jojô, porque me perco nas palavras difíceis: pregação, versículo, discernimento... Nunca entendi muito bem essas conversas de igreja e nunca achei que William se tornaria uma dessas pessoas, mas não posso negar que combina com ele.

Chegamos à maternidade algumas horas depois. Subimos pelo elevador até o andar onde Yara está e nos perdemos com as placas confusas até enfim encontrarmos Raul esperando no corredor. Respiro aliviada ao ver que o cara parece destruído na mesma intensidade em que parece genuinamente feliz, então deve estar tudo bem.

— Que bom que vocês estão aqui — ele diz nos dando um abraço rápido.

— Como eles estão? — pergunto.

— O susto já passou. Agora só precisamos que o Noah aguente firme.

— Ele vai — William diz, então me lança um olhar rápido. — Não tenho dúvidas disso.

É, ele sabe aproveitar o pozinho mágico de uma escritora.

Depois disso, Raul e Liam seguem para tentar ver o bebê na ala de incubadoras. Eles me convidam para ir junto, mas decido ver Yara em vez disso. Dirijo-me até o quarto e entro devagar, segurando o dinossauro de amigurumi. Ela sorri assim que me nota.

Acho engraçado que, quando uma criança nasce, todos estão preocupados em vê-la só para dizer coisas inúteis, tipo com quem será que aquela cara idêntica a todos os outros recém-nascidos se parece. Mas poucos se perguntam como deve estar a pessoa que passou pela maior transformação física e psicológica da vida. A maternidade, para mim, é tão maravilhosa quanto aterrorizante. Acho que se tornar casa de alguém por meses e deixá-lo mudar radicalmente a sua vida é o ato mais altruísta que um ser humano consegue fazer. E, por isso, não consigo deixar de pensar que, quando for a minha vez, eu ficarei feliz pelas pessoas que estarão ali pelo meu bebê, mas também pelas que estarão ali por mim.

— Yara...

— Vocês chegaram. — Ela estende a mão para que eu me aproxime. Está inchada e sonolenta. E parece exausta, como todo mundo, mas seu esforço foi incomparavelmente maior.

— Parabéns, mamãe — digo.

— Ah, não me sinto mãe ainda. — Ela faz uma careta. — Nem consegui ver o meu filho.

Lanço um olhar de reprovação.

— É claro que você é. Você está aqui, mas sua cabeça está lá com ele, preocupada. Isso é a coisa mais *mãe* que existe.

Ela ri.

— Como você está se sentindo? — pergunto.

— Acabada. — Ela suspira. — Mas aliviada. Bem, pelo menos ele está do lado de fora agora. Minha coluna não aguentava mais. — Yara bufa. Minha cunhada é sempre tão direta. — E vocês, como estão? O meu irmãozinho deve ter ficado uma pilha, não é? Ele não tem muita inteligência emocional.

Eu me sento em uma das poltronas do apartamento e coloco minha bolsa na do lado.

— Usei uma tática da pedagogia para acalmá-lo, acredita? — Yara dá uma risada. — Seu irmão é um criançāo.

— Achei que ele nunca fosse crescer. Até você aparecer.

Yara fica em silêncio por alguns segundos. Parece meio grogue, provavelmente por causa da anestesia. Não sei se ela deveria estar falando tanto. Antes que eu diga a ela para descansar, ela recomeça a conversa.

— William nunca teve muita ambição, entende? Apesar de os nossos pais sempre cobrarem isso dele... de nós dois. — Ela faz uma pausa. — Depois que trancou Direito, acho que ele só decidiu fazer outra faculdade para ter um emprego comum com um bom pretexto para ficar recluso no mundinho dos códigos e computadores. Mas aí ele conheceu você.

Yara leva a mão com acesso venoso ao ar, dramatizando minha aparição na história. Deixo que ela continue.

— Ele sabia que você seria alguma coisa grande, então ele quis ser grande também. Antes disso, quando me contou sobre o jogo, Liam disse que ia vender a ideia para o primeiro investidor que aparecesse. Pegaria a grana, sairia de casa e depois daria um jeito de sobreviver. Mas, depois de você, ele mudou os planos. Quis desenvolver o projeto do começo ao fim, construir algo estável. Foi como se tivesse amadurecido vinte anos em apenas alguns meses.

— Eu não sabia.

— É claro que não, você nunca sabe de nada. — Yara torce o nariz em tom de provocação. — Para ser sincera, nem eu deveria te contar, mas achei que deveria. E agora posso colocar a culpa da minha língua solta nos hormônios do puerpério.

Rio. Nunca me acostumo ao humor dela.

De repente, Yara fica mais séria e fixa os olhos inchados em mim.

— Que o William te ama, você sabe. Mas acho que você não faz ideia de quanto ele te admira. Você é a heroína dele, Maeve. Talvez não perceba, mas ele mudou tanto para caber no seu mundo... Ele nunca tinha falado sobre nenhuma garota e, do nada, havia uma menina na biblioteca que depois era a melhor amiga dele e que depois era a pessoa que ele ia pedir em casamento. Você estava em todas as conversas. Em todos os lugares aonde a gente ia, em todos os filmes que a gente assistia, em todos os nossos planos para o futuro. Você revirou o mundo do meu irmão.

São informações demais. Respirar fica mais difícil.

— Yara, eu acho que...

— Então, por favor. — Ela segura a minha mão. — Conversa com ele sobre aquilo que você disse, não deixa ele guardar tudo para si mesmo.

— Que eu... *disse*?

— Tudo bem, eu confesso. Eu também já pensei ter me arrependido de me casar com o Raul. Todas nós já pensamos isso. Mas você sabe como o William é. No dia em que ele apareceu em casa, eu achei que algo horrível tinha acontecido, porque ele estava destruído, só que...

— *Yara* — interrompo com certa urgência na voz. — Do que você está falando?

Ela para no meio da frase com a boca entreaberta. O silêncio é tão pesado que ouvimos os bipes da máquina do outro quarto.

— Falei demais, cunhada — ela diz com um sorriso sem graça. — São os hormônios do puerpério.

dezesseis.

Aprendi a pisar no freio
Antes mesmo de girar a chave
Antes de cometer o erro
Antes de lidar com o pior de mim
"Waving Through a Window", Tori Kelly

Faço o caminho pelo corredor até a máquina de café enquanto repasso mentalmente os últimos anos. Fico imaginando quantas coisas Liam fez e disse por estar magoado. Ou com medo. Ou confuso. Simplesmente porque ele ouviu, depois de uma briga da qual nem me lembro, quando eu disse à minha mãe no telefone que me arrependia do casamento.

Depois do que Yara me contou, tudo fez sentido.

Tudo, menos a minha decisão.

No começo da nossa crise, eu achava que queria o divórcio por não o amar. Mas, nos últimos dias, com tudo que está acontecendo, começo a achar que é por amá-lo demais. Eu o amo tanto que não sei lidar com isso.

Desde pequena, carrego comigo a certeza de que tudo é temporário: os amigos, os lugares, as pessoas... Eu fui criada para não me prender a nada nem a ninguém. E não demorou muito para que eu começasse a achar isso uma ótima forma de viver.

Você tem certa liberdade quando está sempre de malas prontas. Perdi a conta das vezes que meus pais e eu partimos de uma cidade porque o clima era quente demais, porque a comida era sem graça ou porque as pessoas eram cheias de frescura. Não somos obrigados a aguentar nada quando não temos raízes. Ter que ficar é assustador.

Querer ficar é aterrorizante.

Quando William me pediu em casamento, me esqueci disso. Foi uma fração de tempo. Um descuido. Por um momento, o que eu sentia por ele foi maior do que a minha ânsia por desprendimento. Só que quanto mais tempo passávamos juntos, mais ele me fazia querer ficar. Porque me soltar dele se parecia cada vez menos com desatar um nó e cada vez mais com amputar um membro.

E isso me assusta.

— Caramba, ninguém te diz o quanto isso assusta.

— Você fala sozinha.

Viro para o lado, procurando de onde a voz está vindo, mas não vejo ninguém. Então olho para baixo e encontro um ponto completamente pink perto da máquina de café. Ela está me encarando com uma expressão irritada e com uma pelúcia felpuda esganada pelo pescoço. Os space buns feitos no cabelo crespo contrastam com o ar sério no rostinho da garota.

— Eu não percebi que estava falando alto. — Sorrio na tentativa de não parecer maluca.

— É o que todos dizem — retruca ela, fazendo sinal com a mão para que eu saia da frente e ela chegue à máquina de batatinhas. — O que é que assusta?

Dou uma risada.

— Você não entenderia.

— Bom, o que *me* assusta é que agora tenho uma irmã — ela responde à própria pergunta ao inserir uma nota e pegar um saquinho de Ruffles. — Ninguém me perguntou se eu queria isso. Mamãe diz que somos uma família maior agora, mas eu gostava mesmo era do jeito que era antes.

Ela caminha até um dos bancos acolchoados perto de onde estamos, senta-se e coloca a pelúcia sentada ao seu lado. Decido acompanhá-la.

— Sua vez.

— Eu devo ter algum bloqueio emocional — digo com a certeza de que ela não faz ideia do que isso significa. Mas é divertido. Acho que nunca confessei como me sinto. Para ninguém.

Quando eu estava na faculdade, tinha um projeto do curso de Psicologia que oferecia sessões de terapia de graça. Decidi me inscrever, mais por curiosidade da experiência do que por vontade de receber ajuda. Esperava sair de lá com algum diagnóstico que pudesse me servir de atestado cada vez que alguém perguntasse por que eu andava sempre sozinha. Fobia social, talvez. Não funcionou.

O que o estudante disse foi que eu sabotava os meus relacionamentos pela ideia de que aquela pessoa fosse partir. Então, para evitar o sofrimento, eu rompia o vínculo antes de ele se tornar mais forte.

— A questão, Maeve — ele explicou —, é que as pessoas preferem dizer que têm uma patologia do que um hábito ruim. Porque patologias você pode culpar, mas hábitos são uma responsabilidade inteiramente sua. Eu posso ajudar, mas não posso fazer o trabalho por você.

Nunca mais voltei lá.

— Humm... — a garotinha murmura, fazendo barulho com a crocância das batatas. — Já ouvi mamãe falar sobre isso. Ela fica no computador conversando com umas pessoas que choram muito. Não consigo ouvir o que elas dizem porque mamãe fica de fones e me diz para não bisbilhotar, mas às vezes eu ouço o que ela fala para eles, é legal.

Oh, céus. Encontrei uma miniterapeuta.

— E o que você me diz sobre o meu diagnóstico? — indago.

— Mamãe disse uma vez que pessoas com isso aí precisam encontrar uma co... Qual era mesmo a palavra? Eu não lembro. Mas ela disse que era como os barcos que fazem muitas viagens, mas sempre encontram o lugar de estacionar.

— De ancorar? — Rio.

— Que diferença faz?

— Barcos não estacionam, só carros.

— Agora a sessão já acabou. — Ela se levanta e bate a mão cheia de sal na saia de babados antes de espalmá-la diante de mim. — São cinco mil e cento e seiscentos reais.

Arregalo os olhos.

— Tudo isso?

— Ou outra batata daquela ali.

— Fechado.

Voltamos à máquina de batatinhas para que eu pague minha consulta, e a pequena fica satisfeita. Ao nos sentarmos novamente, a conversa sobre a psique humana logo se move para o personagem de desenho animado estampado em sua blusa e para o fato de que ela ama o filme com a "Ariel de verdade" porque se parece com ela.

Não demora muito e um homem grisalho aparece, a expressão preocupada dando lugar ao alívio quando ele a vê.

— Helena vive fugindo de nós — ele murmura, então agradece a companhia e a leva de volta.

Ao sair, a garotinha me acena um tchau.

— Ei, Helena! — chamo antes que ela esteja longe demais.

A pequena se vira um pouquinho, apertando a pelúcia. Levanto os dois polegares e sorrio.

— Você vai ser uma ótima irmã mais velha.

dezessete.

Logo ao nascer
Somos frágeis, carentes
E antes de morrer
Somos tão vulneráveis, porém
Entre o início e o fim do viver
Nós fingimos
Nós fugimos
De nossa real condição
"Medalhas", Tiago Arrais

Consigo ouvir o vozerio que vem do quarto de hospital antes de entrar. Quando abro a porta, Yara e Liam estão entretidos em uma conversa enquanto ele tenta ajustar a cama dela para um nível mais confortável. Ao que parece, os dois se acertaram.

— Eu disse que já está bom.

— Só um pouco mais baixo.

Yara revira os olhos.

— *William*!

— Só mais um pouquinho.

— Você não pode estressar a sua irmã — intervenho ao caminhar em direção aos dois. — Mesmo que nivelar a altura do colchão seja uma missão tão... solene para você.

Yara me agradece com o olhar, e eu rio. Chego mais perto da cama onde ela está e fico de pé ao lado do William, que está sentado em uma poltrona bem próximo dela.

— Cadê o Raul? — pergunto.

— No telefone, lá fora. — Ela aponta com a cabeça. — As coisas saem do controle no restaurante quando ele não está por perto. Você sabe, não faz tempo que abrimos a franquia. É o outro recém-nascido dele.

— Ele deveria ir para casa — William comenta, então puxa meu braço para mais perto e apoia a cabeça na lateral da minha cintura. É tão instintivo, acho que nem ele percebe o que fez. — Nós ficamos aqui com você.

— Ah, qual é, Liam — Yara protesta. — Eu me viro sozinha. Sou mãe agora, ganhei superpoderes.

— Tipo a hiperchatice — ele provoca. — Ah, não. Esse, você já tinha.

Ela coloca a língua para fora. William continua:

— Papai e mamãe ligaram avisando que só conseguiram voo para o domingo, vamos ficar pelo menos até eles chegarem.

— Mas e o lançamento do seu jogo? — ela pergunta. — Já vi você ignorando umas quinze ligações. Vou me sentir péssima com isso, William.

— Não importa. Eu não quero estar em outro lugar que não seja aqui, com vocês.

— Fofo demais, mas olha... — interrompo, afastando o braço onde Liam está apoiado. — Seu plano de ser o tio descolado não vai funcionar se você perder o emprego. Então vai lá garantir o futuro do Noah e deixa que eu fico aqui.

— Tem certeza? — Yara pergunta. — Não quero atrapalhar você também.

— Não se preocupe, estou de licença do trabalho. — *Além do mais, preciso mesmo de um tempo.* — Além do mais, família é para isso.

Yara balança a cabeça assentindo.

— Então aproveita e convence o Raul a ir junto — ela continua. — Aquele cabeça-dura precisa descansar.

— Vou fazer o melhor que posso — digo.

William me olha meio contrariado.

Depois de mais alguns argumentos, conseguimos convencer os dois a irem para casa. Desço até o estacionamento para pegar algumas mudas de roupas que sempre deixo no porta-malas e entrego as chaves para que Liam leve o carro de volta. Ele hesita um pouco, mas no fim acaba concordando.

Raul promete que vai voltar no dia seguinte, assim que colocar o restaurante em ordem, e me agradece por ficar na primeira noite. São um resto de sexta e um dia de sábado agitados, com muitos enfermeiros vindo checar se está tudo bem com Yara, mas o ritmo vai diminuindo à medida que ela se recupera. No domingo, minha cunhada finalmente tem alta.

Ainda assim, meus planos de encerrar a missão são arruinados porque ela praticamente me obriga a conhecer a nova casa, já que não os visitamos desde a mudança. Eu hesito até o momento em que Raul chega para buscá-la, mas, quando a vejo de coração partido por ter que deixar o bebê no hospital, concordo em ir para tentar animá-la um pouco.

Enquanto estamos no carro, Raul me apresenta um pouco da cidade. Apesar de ser no interior, é um lugar bastante charmoso e bem estruturado, por causa das praias e do fluxo de turistas durante o ano. Ele também diz que fez um ótimo negócio na casa, que fica em um condomínio fechado, porque os antigos donos se mudaram para o exterior e tinham pressa em se desfazer dela.

Quando nos aproximamos, vejo que ele tem mesmo motivos para se orgulhar. A casa é um lugar lindo e elegante — como eles —, decorado em tons de madeira e branco. As janelas, que vão do teto ao chão, deixam uma iluminação natural no ambiente, com a vista arborizada do lado de fora. Como se isso não bastasse, o condomínio parece uma pequena vila, com tudo de que eles precisam dentro do próprio terreno.

— Fabuloso — comento.

— Só você para usar essa palavra, Maeve — Yara alfineta, mas parece feliz com o elogio.

Assim que entramos na casa, Raul sai outra vez. Ele ficou de buscar os sogros no aeroporto, já que o voo deles chega em algumas horas. Envio uma mensagem para o William vir me buscar também e torço para que ele seja mais rápido. Considerando a relação caótica do meu marido com os pais e o nível da minha bateria social depois de dias fora de casa, a última coisa que eu quero é encontrá-los. Só espero que ele não esteja ocupado demais e me esqueça outra vez.

Quando ficamos sozinhas, Yara e eu decidimos comer besteiras e assistir a clipes antigos na TV. Nas últimas horas, tenho procurado formas de evitar que ela fique pensando demais no fato de não poder trazer o Noah para casa, então abrimos uma caixa de alfajores importados — porque ela quase me bateu quando pronunciei o termo "kit festa" — e ficamos estiradas no sofá enquanto comentamos fatos inúteis sobre celebridades.

— Ah, quero te mostrar uma coisa. — Yara coloca um dos docinhos macios na boca e então se levanta. — Estava fazendo backup da câmera para liberar memória para o *newborn* do Noah e achei um monte de fotos antigas.

Pego o controle remoto e mudo a playlist de vídeos dos anos noventa para os anos dois mil. Yara se senta de novo, agora com o tablet em mãos, e eu me encosto ao lado dela, observando minha cunhada vasculhar centenas de pastas até encontrar o que estava procurando.

— Achei. Olha aqui. — Ela me entrega o aparelho e, antes que ele se estabilize na minha mão, minha mente é inundada por lembranças. São fotos do meu casamento.

Tudo foi tão excêntrico quanto a cerimônia de uma filha de hippies pode ser. Não houve formalidades, bufês ou salões. Eu estava usando um vestidinho de alças e sandálias, e meu cabelo estava solto, exceto por alguns fios presos no alto. William vestia uma camiseta branca por dentro da calça marrom-claro, e a maioria dos convidados usava vestidos leves ou bermuda. Parecia uma reunião no quintal.

Na verdade, foi no quintal.

Uma mesa comprida com cerca de vinte pessoas surge na tela, repleta de tortas, bolos e comidinhas feitas por cada uma delas. Um grande piquenique. Penduramos pequenas lâmpadas amarelas no tronco das árvores e, com o sol do entardecer, o jardim da antiga casa de Raul e Yara ficou um tanto pitoresco.

— Esse dia foi um caos, você lembra? — ela pergunta. Concordo com a cabeça.

Lembro que, algumas horas antes, estava ventando muito forte e tivemos medo de o nosso piquenique ser levado pelos ares. Mas, durante toda a cerimônia, tivemos apenas uma brisa, e um cicio tranquilo e suave formado pelas folhas das árvores misturou-se ao som das músicas, sibilando uma melodia nova e emocionante só para nós.

— Não sabia que você tinha tantas fotos desse dia. — Descanso o indicador na tela antes de passar para as próximas imagens.

Em vez de contratarmos fotógrafos, cometemos o erro de dar aos convidados câmeras analógicas e pedir que eles registrassem seus momentos favoritos, o que não deu muito certo, porque a maioria nunca passou pelo Pinterest ao menos uma vez na vida. Por causa disso, quase não tivemos registros decentes da cerimônia. Mas, sendo a única com uma mínima noção de luz e enquadramento, Yara salvou nosso quinze de maio.

As fotos dela ficaram maravilhosas, e isso garantiu que eu a perdoasse por nunca ter devolvido a câmera. Ela me enviou as fotos selecionadas e editadas, então as que vejo agora são inéditas, tão espontâneas que até acho mais bonitas do que as que estão em nosso álbum. Yara assume agora, deslizando pela tela do tablet no meu colo enquanto mostra mais momentos capturados e conta as histórias engraçadas por trás deles.

Consigo sentir de novo todas as emoções conflitantes daquele dia. Eu estava feliz e com medo. Alegre e com vontade de correr. Será que algum dia o coração deixa de ser assim, tão bipolar?

Algumas horas — e alguns choros, ela estava muito sensível — depois, Yara adormece, ainda sob o efeito dos remédios que tomou no pós-parto. Desligo a TV e me esquivo para o canto do sofá, onde deixei minha bolsa para procurar o caderninho.

Minha decisão oscila quando penso nos últimos dias. Nos últimos meses. Nos últimos anos. Então, se quero ter certeza do que fazer, sei que preciso de mais uma viagem.

Para o dia em que tudo começou.

dezoito.

Você vive, e ama, e perde
E essa é a consequência de estar vivo
"The Consequence of Being Alive",
Gable Price and Friends

Abril, 2019

As pessoas neste lugar são loucas.

Enquanto ando pelas passarelas de concreto da universidade, a sensação é que estou vivendo um apocalipse zumbi. Mas, em vez de corpos em decomposição, as pessoas carregam uma energia estranha e frenética capaz de deixá-las completamente fora de si.

É o festival do encerramento do semestre.

Parece um tanto fora de época, porque as festas de fim de ano já passaram, mas universidades públicas têm um calendário maluco por conta das greves. Finalizar um semestre é um motivo de alegria tão grande quanto a formatura, considerando que cada dia é uma incerteza quando se trata da educação brasileira. Liam e eu passamos os últimos meses enfurnados em casa, estudando, trabalhando e tentando dar conta de tudo, e ele fez questão de enumerar cada uma dessas coisas para me obrigar a vir aqui.

Dois introvertidos em uma festa.

Eu acho que sei como isso vai terminar.

Quando chego ao lugar do festival, subo na arquibancada, escolho um lugar bem no cantinho e coloco a bolsa ao lado para guardar a vaga do William. Estou a uma distância considerável da estrutura onde o show vai acontecer, e algumas pessoas andam de um lado para outro carregando cabos e decoração, enquanto outras passam em bando com suas risadas altas e roupas cheias de glitter — o espírito dos vinte e poucos anos que, por alguma razão, nunca encontrou o caminho até mim.

Toda vez que estou em lugares muito cheios, não consigo evitar ficar meio melancólica. É assustadoramente maravilhoso pensar que cada uma dessas pessoas das quais eu nem sei o nome têm suas próprias histórias e sonhos, seus medos e ambições. Que alguma delas deve ter chorado hoje de tristeza. E que o motivo pode ser algo que, se acontecesse comigo, seria insignificante, mas fez o mundo dela desabar. Porque somos diferentes.

Cada pessoa é um miniuniverso.

— Sempre na hora, sirizinho.

William aparece alguns minutos depois, o que me desperta do devaneio. Sinto cheiro de sabonete de limão, mas não sei se vem da sua pele ou do cabelo úmido — ou dos dois. Ele está usando uma camiseta branca, um jeans puído e o casaco da atlética de Engenharia da Computação. E os óculos devem estar mais limpos, porque consigo ver seus olhos brilhando através das lentes.

O cara mais lindo do meu miniuniverso.

— E você me deu escolha?

— Ah, é o nosso último ano aqui — ele diz, então tira minha bolsa da cadeira e a abraça sob o próprio colo enquanto ocupa o lugar. — Precisamos viver todas as experiências. Pensa pelo lado positivo, vai servir para construção de personagens.

Dou uma risada. Há alguns dias, disse a ele que estava tentando escrever uma história porque um cara chamado Fred começou a me seguir nas redes sociais onde falo sobre livros e perguntou se eu podia mandar uma proposta para a editora regional recém-criada dele. Não acho que o que escrevo seja bom o suficiente para enviar a uma grande editora, de porte nacional, então resolvi dar uma chance. Não tenho nada a perder.

Liam é o único que acredita que tenho algo a *ganhar*.

— O que você anda lendo?

— Nada. — Faço uma careta. — Estou cem por cento focada na escrita. Até cortei as unhas, porque atrapalham na hora de digitar. — Levanto a mão para que ele veja. — Um pequeno sacrifício pelo plot. Literalmente.

— Ah, não... — ele responde em um tom dramático, então segura minha mão no ar e a coloca no bolso do casaco. Depois move a conversa para outro assunto, como se eu não fosse perceber o que ele fez. Compro a ideia sem hesitar.

Mal percebemos as pessoas chegando e chegando, porque estamos distraídos demais um com o outro. Não é nada extravagante. Toda vez que Liam e eu conversamos, é como se nossas almas se comunicassem em um idioma próprio e o cérebro tirasse o dia para descansar. Não há esforço ou preocupação em dizer a coisa errada e não preciso analisar seu comportamento como faço com os outros. Isso não me deixa exausta. Ele é o único que não esgota minha bateria social.

Quando nos damos conta, a multidão encheu nosso campo de visão. Logo os músicos sobem no palco improvisado e saúdam o público, o solo de guitarra começa timidamente e a melodia vai crescendo aos poucos. Mesmo nos levantando, mal conseguimos ver o show lá na frente, porque alguns estão de pé em bancos ou nos ombros dos amigos. Algumas pessoas nos empurram, movendo-se com euforia, e somos lançados para mais perto um do outro.

Em meio aos gritos desafinados do público, encaro William pelo canto do olho. Ele está sorrindo, olhando para a frente, mas por algum motivo não acho que seja por causa do show. Até que, em determinado momento, a percussão se confunde com as batidas do meu coração, tão violentas quanto uma tempestade, e sinto o tum-tum sacudir meu peito. A banda cover grita, entrelaçada à voz da multidão, como somos jovens, tão jovens. Mas, do jeito que estou desconfortável, não consigo mesmo acreditar nisso. Chega a ser engraçado.

— Acho que já tenho material suficiente! — grito para Liam.

— O quê?

— Para os personagens! Já bati a minha cota.

Ele franze o cenho. O som está alto demais.

— Então vamos fugir!

— Não consegue me ouvir?

— Eu disse "vamos fugir"!

— Hã?

Fiel à primeira vez que vivi essa cena, finjo não entender o que ele diz, então William pega a minha mão e começa a me puxar para fora. Pedimos licença inúmeras vezes, nos esgueirando entre as fileiras apertadas, e descemos da arquibancada. Caminhamos na direção contrária do fluxo de pessoas e, assim que o espaço se abre, começamos a correr. O som da música vai ficando mais distante, e William aperta minha mão com força cada vez que ela ameaça escorregar.

Ele olha para trás algumas vezes, e estamos rindo sem nem saber o porquê. Só continuamos correndo, sentindo a brisa fria da noite sem estrelas. Me lembro do que escrevi no diário mais cedo — *acho que estou apaixonada pelo Liam* —, e todos os muros que planejei construir para que isso não fosse adiante, todo o meu discurso bem montado, ficam para trás com a multidão.

Coloco a mão no diafragma assim que paramos de correr.

— Eu tinha dito para a gente fugir. — William ofega e se apoia nos joelhos.

— É, eu percebi.

— Você odiou tudo aquilo, não é?

— Você também.

Ele ri. Inclina a cabeça para trás, puxando o ar, e os fios dourados escorregam da testa, iluminando seu rosto. Estamos perto de uma orlinha, e a brisa tranquila cria um ambiente de paz completamente oposto ao caos do festival. William volta à posição normal e, de um jeito que nunca fez antes, chama meu nome.

— Maeve.

— Quê?

— A gente podia casar.

Dou uma risada incrédula.

— Assim, do nada?

— Não é do nada. — Ele arruma a postura e gesticula como se estivesse defendendo um artigo. — Você me disse que enjoa do mesmo lugar e das mesmas pessoas depois de um tempo, certo? Certo. Mas nós já somos amigos há um ano, passamos o dia todo juntos, e você não enjoou de mim.

— Não enjoei *ainda* — brinco.

Ele ofega. Uma. Duas vezes. Céus, acho que nunca olhou para mim antes como está olhando agora.

— Eu não quero perder você de vista depois da faculdade. E não quero te pedir em namoro, porque, se você se cansar de mim depois, vai simplesmente terminar comigo. — Ele dá alguns passos em minha direção, subitamente sério. — Eu quero que você prometa, diante de todas as *cinco* pessoas de quem você gosta, que vai ficar ao meu lado para sempre.

"Cinco pessoas" me tira uma risada sincera.

Acho que são, no máximo, quatro.

— Eu sei que nenhum nó pode te segurar, Mae. Mas não estou te prendendo. Estou te atraindo. Como um campo de força. Ou como um cálculo de limite quando X tende a...

— Uou, uou... Sua garota não é de exatas, ok?

— É porque não está chovendo, não é? Roteirista! — ele grita em direção ao vazio. — Dá uma ajuda aqui, minha garota é leitora! E escritora... e...

Ele para e une as sobrancelhas enquanto sorri.

— Minha garota?

— Sim — confirmo.

— Casa comigo, Maeve.

— Hum... Só se você usar uma analogia matemática que eu entenda.

Liam segura o meu rosto com as duas mãos.

— Ok, talvez não fique tão sonoro, mas é que tem uma diferença técnica entre círculo e circunferência que...

— Quero a versão sonora — interrompo. — E, por favor, pare de quebrar o clima.

William abre um sorriso largo e me abraça, fazendo meus pés flutuarem um pouquinho. Quando me põe no chão de novo, ele encaixa a cabeça no meu ombro e sussurra:

— Somos como um círculo, Mae.

Porque círculos são infinitos.

dezenove.

Eu prometo que seu coração
Baterá outra vez
"Fall in Love With the Light", Gable Price and Friends

— Oi? Alô?

William. Yara. Noah.

Estou de volta. Por que eu estou de volta?

— Acordou, finalmente! Você estava muito perdida em algum lugar por aí, cunhada.

Não mudei nada no passado. Não disse nada diferente. Por que eu voltei? A magia acabou?

— Desculpe. — Pisco algumas vezes enquanto ajeito minha postura no sofá. Olho para Yara. — Você precisa de alguma coisa?

— Que você vá para casa. Tomar um banho premium e trocar de roupa. As que você trouxe estão com cheiro de mochila de adolescente.

Passo a mão no cabelo, confusa.

— Assim que o Liam chegar, eu vou. — Dou um sorriso. — Prometo.

Nesse momento, ouvimos um som vindo da entrada e viramos o pescoço ao mesmo tempo. Aperto os olhos, ainda meio zonzos da viagem no tempo, para ajustá-los à luz quando vejo a figura imponente da minha sogra, que está arrastando sua mala caríssima e vestindo seu tailleur sob medida. O som da caminhada dela é como um metrônomo pelo toc-toc do salto alto.

— Ferrou, Mae — Yara diz.

— Que foi?

— Temos que esconder os alfajores.

— Yara Caroline! — Sara exclama ao atravessar a porta. Ela é uma das poucas pessoas que consegue projetar a voz sem gritar, como se o simples fato de abrir a boca preenchesse todo o lugar. — Sinceramente, você mora em um fim de mundo! Por favor, não diga que está pensando em criar o Noah em um ambiente tão rural.

— Oi para você também, mãe — Yara responde. — Obrigada pelas felicitações por ter feito um *humano* nos últimos meses e ainda ter sete camadas da minha pele cortadas para que ele saísse de mim.

Yara joga a caixa de alfajores pelas costas e abana a mão para que eu me livre dela. Ela abraça a Sara para me tirar do campo de visão enquanto tento cobrir a prova do crime com uma almofada.

— Como foi a viagem?

— Mas que cheiro é esse? Estava comendo doces?

— E você não vai mesmo responder o que eu perguntei...? — Yara cantarola.

— Não acredito que esteve comendo doces, Caroline. Você precisa seguir uma dieta rigorosa depois do parto. Quer ficar para sempre com o peso que ganhou durante a gravidez? Charles, coloque um pouco de juízo na cabeça dessa garota.

— Olá, princesa — diz o pai de Liam ao se aproximar. Posso contar nos dedos as vezes que ouvi a voz dele, meu sogro é um cara extremamente silencioso. — Como você está?

— Eu estou bem, papai. Obrigada por fazer uma pergunta *normal.*

Yara o abraça, e então Sara finalmente me nota.

— Ah, você estava aí.

— Como a senhora está? — Dou um sorriso falso. — Não nos vemos há um tempo.

— Hum... — Ela dá de ombros e depois começa a andar pela casa passando o dedo nos móveis para checar a poeira. — Cadê o meu filho?

Abro a boca para responder, mas sou interrompida.

— Eu estou aqui. — A voz de Liam soa baixo atrás deles. Não percebi que ele tinha chegado. — Estava ajudando Raul com as outras malas. Para que você trouxe tanta coisa? Pretende ficar por um ano, por acaso?

Yara empalidece.

— William, meu querido! — Sara finalmente sorri. — Estava com medo de não te encontrar, mas você chegou bem no momento certo.

Ela o abraça, mas ele parece rígido ao corresponder.

— Há um assunto importantíssimo que preciso tratar com você. Por que não fica aqui esta noite?

— É... Mãe, só para avisar, essa casa é minha — Yara intervém.

— Nós podemos jantar algo delicioso. Lagosta, talvez? Você tem lagosta em casa, Caroline? — Sara anda em direção à cozinha, e Yara começa a ficar vermelha. Raul pede que ela se acalme com um gesto, então segue a própria sogra, que está prestes a fiscalizar a geladeira.

— Por que eu teria lagosta se somos alérgicos a frutos do mar? — Yara murmura para William, que apenas balança a cabeça.

Quando meu marido se aproxima, posso ver o desconforto tensionando seus músculos. A presença dos pais — especialmente a da mãe dele — sempre o deixa assim.

— Você está bem? — William pergunta e a irmã apenas balança a cabeça, ainda irritada. Ele olha para mim em seguida. — Vamos para casa?

— Vai mesmo ignorar o convite da sua mãe? — Yara pergunta.

— *Sua* mãe veio ficar com você, não comigo. Você resolve.

— É, eu sei. — Yara suspira e se joga no sofá, pegando de volta a caixa de alfajores. — Você não vai ter que aguentar alguém te chamando pelo segundo nome e te ditando o que fazer o tempo todo. Parece que voltei à nossa infância cruel, irmãozinho, com a diferença que dessa vez você não vai estar por perto para discutirmos nossos planos de liberdade.

Liam dá uma risada.

— O lançamento é hoje à noite e ainda vamos pegar estrada. Não ficaria nem se eu quisesse — ele comenta, então se dirige a mim. — Você prometeu que ia comigo, lembra?

Assinto com a cabeça. William pega minha bolsa.

— Continua me atualizando sobre o Noah, Yara. Quando ele tiver alta, a gente vem aqui de novo.

— Como assim, vem aqui de novo? — Sara ressurge de algum lugar, chamando nossa atenção. — Eu disse que queria conversar, e o almoço está planejado para cinco.

— Cinco? — Yara pergunta.

— Ah, esqueci você, Charles. Você come a porção da Caroline, que está de dieta, tá bem?

— Estou o quê?

Seguro o braço do William quando ele está prestes a interferir. Sussurro que é melhor ficarmos para o almoço, já que Sara não vai desistir de qualquer jeito. Ele acaba cedendo.

Algumas horas depois, estamos à mesa. Há uma lagosta grelhada com manteiga e limão diante de mim, mas estou sem apetite. Yara encara a mãe do outro lado, o prato com apenas salada, assim como o de Liam, enquanto Sara domina o ambiente com seu monólogo eloquente e sua incapacidade de prestar atenção ao que os outros estão dizendo. Raul está na cozinha com os funcionários do restaurante, que vieram trazer as lagostas e não conseguiram escapar do treinamento rigoroso da minha sogra.

— Essa manteiga de ervas está maravilhosa. Não está, Charles? — Ele assente. — Seu marido é um ótimo chef, Caroline.

Sara coloca uma pequena porção na boca, sorrindo satisfeita enquanto mastiga. Sua postura à mesa, seu tom de voz, a forma como ela olha para cada um dos filhos. Tudo isso não me deixa ter raiva dela, embora minha sogra seja uma pessoa extremamente difícil de lidar.

Quando somos crianças, nós pensamos que os adultos são um tipo diferente de ser humano. Que eles têm todas as respostas, sabem o que fazer em cada situação e não têm medo de nada. Mas, quando crescemos, percebemos que continuamos as mesmas crianças assustadas, só que agora escondemos melhor o que sentimos porque existe alguém que espera isso de nós.

Observo Sara do outro lado da mesa e penso se ela é apenas uma criança que tenta controlar tudo com medo de perder o que tem de mais precioso. Isso não a inocenta, mas também não a torna uma vilã. Todos nós, pelo menos uma vez na vida, já amamos do jeito errado.

— Acredito que o restaurante não terá futuro em uma cidadezinha tão pequena, onde as pessoas não sabem apreciar a alta gastronomia. Em outro lugar, vocês facilmente ganhariam uma estrela Michelin. Concorda, Charles? Com uma certa ajudinha nossa, claro. Veja, Caroline, prove estes legumes.

— Se você colocar mais legumes no meu prato, eu juro que...

— Então... — William interrompe. Vejo-o segurar a mão de Yara por baixo da mesa. — A comida está deliciosa, mas Maeve e eu precisamos ir.

Sara ergue as sobrancelhas, em um gesto de surpresa. Logo que recupera a compostura, ela dá um sorriso educado e repousa delicadamente os talheres sobre a mesa.

— Bom, se não posso fazê-los ficar, vou direto ao ponto. — Ela se dirige ao filho. — William, conversei com um amigo do seu pai que assumiu a reitoria da universidade onde você trancou o curso. Ele disse que você consegue retomar, desde que faça uma prova antes. Mas isso não vai ser problema. Disse a ele como você é inteligente e de quem você é filho, então ele concordou em...

— Do que você está falando?

— Você não ouviu o que eu disse? — Sara sorri parecendo orgulhosa de si mesma. — Você vai poder retomar o curso de Direito e ter um *trabalho*. Já é hora de crescer, meu filho. Parar de fazer esses jogos infantis e começar a ter um emprego de verdade.

Liam abaixa a cabeça em um sorriso sem humor.

— Eu estou indo bem no meu emprego. Lidero uma equipe lá, sabia? E, além de ser o que eu gosto de fazer, nós não estamos morrendo de fome.

— Não estão agora. Mas nem o seu trabalho, nem o da garota são coisas sérias. Se o próximo livro dela não tiver sucesso, o que vai acontecer com vocês? E com a criança?

— Criança? — Yara arregala os olhos. Liam se vira para mim.

— Eu não estou grávida — me defendo.

— Mas deve estar em pelo menos três meses — a mãe dele responde. — Noah vai precisar de um primo com no máximo um ano de diferença para crescer com ele, ajudar no desenvolvimento, estimular a competitividade... Essas coisas que qualquer um sabe. É obrigação de vocês como família.

— Você ouviu o absurdo que acabou de dizer? — Yara rebate.

— É absurdo mesmo — cochicho, contendo um sorriso. — Tenho certeza de que vou ser mãe de menina.

— É por isso, William, que eu quero que você termine a faculdade. Trabalhando como advogado na empresa do seu pai, você vai poder sustentar a sua mulher e os seus filhos. Ser criminalista não era o que você queria?

— Era o que *você* queria. — William soa irritado.

— E quanto à garota, se ela concordar, posso pagar um curso de...

— Chega. — Ele se levanta, a voz subitamente mais grave. — Vamos embora, Maeve.

Ele segura a minha mão e me puxa para fora em meio aos protestos da mãe. O maxilar dele ainda está travado, com a expressão resoluta e ofendida, enquanto percorremos o caminho até a porta. Yara também se levanta, e Raul vem atrás dela, deixando apenas Sara e Charles à mesa, mas aceno para que eles não nos sigam. Tento intervir, acalmar o meu marido, mas William não me ouve e não para até que estejamos do lado de fora. Seus passos são tão largos que eu preciso me esforçar para acompanhá-lo.

Quando chegamos diante do carro, o meu carro, ele respira fundo e se vira para mim.

— Olha, você quer dirigir?

— Não, tudo bem — respondo. — Pode ficar.

Liam anda até o lado do passageiro, sem soltar a minha mão, então abre a porta e me faz entrar. Depois, afivela o meu cinto de segurança. Ergo as mãos à frente do corpo.

— Relaxa, não vou fugir — brinco. William apenas ignora.

Depois de dar a volta e entrar do lado do motorista, ele fica alguns segundos parado, descansando os braços no volante e respirando com dificuldade. Ligo a música bem baixinho.

— Cadê o seu carro? — Tento distraí-lo para outro assunto.

— Esqueci no trabalho.

— Esqueceu?

— Achei que tivesse ido de ônibus. Voltei para casa e deixei ele lá.

William está respondendo de forma mecânica. Quero fazê-lo falar mais para quem sabe desatar o nó que deve estar em seu peito.

— Você nunca esquece nada. — *Exceto eu, mas não vamos nos lembrar disso agora.* — Estava com a cabeça cheia?

— Sim, preocupado.

— Com Yara? Ou o jogo?

— Com você.

Ele coloca a chave no contato.

— Não estou acostumado a chegar em casa e não encontrar você.

Uau, ok. Desvio os olhos para fora, incapaz de continuar. Apoio o cotovelo na janela e mordo a junta do meu indicador. A música continua tocando e, quando está quase na metade, William solta um longo suspiro.

— Maeve, me desculpe por tudo o que você ouviu.

— Você sabe que deixei de me importar com o que Sara diz desde quando ela tentou me subornar para eu alisar o cabelo, não é?

William ergue os olhos na minha direção. Minha resposta foi em tom de brincadeira, para ver se consigo aliviar as coisas, mas não tem o efeito que eu gostaria. Os lábios dele tremulam um pouco antes de se abrirem.

— Eu só... — Ele respira enquanto fecha os punhos ao redor do volante. — Eu odeio ter colocado você no caos que a minha família é. Eles são tão admirados pelas pessoas de fora, são homenageados em eventos sociais, mas tratam os de casa como lixo. Só abrem a boca para machucar. E eu tenho medo de um dia também ser assim, porque está nas minhas veias, entende? Nós somos um bando de...

— Ei — interrompo, levantando a voz para que ele olhe para mim. — *Nós*, não. Você e a sua irmã são diferentes. William, você é diferente deles.

— Não sei se sou diferente o bastante. — Ele balança a cabeça. — Algumas coisas parecem tão enraizadas. Sinto que nunca vou conseguir me livrar delas por completo.

Meu marido solta o ar devagar. Ele escorrega os braços do volante e os deixa cair ao lado do corpo, como se fossem pesados demais. Volto o rosto para a janela, porque a dor dele também dói em mim, tão intensamente, que é difícil lidar com o peso no meu peito. Preciso de alguns segundos. Não posso soar triste se meu objetivo é confortá-lo.

Olho para ele outra vez.

— Will... — A hesitação na minha voz faz com que ela falhe, como se eu tentasse segurar as palavras entre as minhas pregas vocais, mas elas estivessem determinadas a alcançar a outra metade do meu coração. A que está com ele. — Você é a pessoa mais gentil que eu conheço. E isso seria maravilhoso se fosse herdado dos seus pais, mas foi algo que você construiu por conta própria. Você olhou para eles e decidiu ser diferente. Você quebrou o padrão.

Ele olha para mim e suas pálpebras relaxam. Então os olhos dele diminuem de tamanho, resolutos a acompanhar o meu coração apertado.

— Tenho orgulho de você por isso.

William pisca algumas vezes, ainda em silêncio. Pelo que conheço dele, meu discurso deve estar ecoando e se repetindo, feito o som em uma caverna, até que ele sinta o frisson das palavras e saiba o que responder. Dou tempo a ele. Desvio o olhar.

— Acho que você é a garota mais extraordinária do mundo — ouço-o dizer. É uma resposta inusitada. Quando me volto novamente em sua direção, vejo que ele inclinou a cabeça e ergueu uma das sobrancelhas, sua expressão analítica. Deixo escapar uma risada.

A pequena partícula de incerteza no começo da frase comunicaria, em qualquer outro contexto, que ele não tem certeza de que sou mesmo. Mas é o William. Um "acho" associado a essa cara confusa quer dizer que ele realmente analisou todos os registros de personagens femininas extraordinárias e, na lista de resultados, eu ocupei o primeiro lugar.

— A mais extraordinária? — pergunto.

Ele balança a cabeça devagar, um pequeno sorriso despertando.

— Mais do que a Ada Lovelace?

Arqueio uma sobrancelha e me inclino para ele, apoiando-me no banco do motorista. Ainda me lembro da camiseta que William usava na faculdade, estampada com a imagem da primeira programadora e a frase "Live, Love & Lace". Ele era basicamente um *fanboy*.

— Bem... — Liam também se aproxima até que nossos olhos estejam na mesma altura. — Ada criou um refúgio para todos que queriam uma chance de inventar sua própria realidade, e isso foi um feito bastante memorável.

Ele faz uma pequena pausa e, quando volta a falar, seus lábios mantêm o pequeno sorriso.

— Mas você, Maeve Lee, me deu um lar. E ele é só meu. Acho que nunca vai saber como eu sou grato por isso.

William beija a minha testa em seguida. Gira a ignição. E começa a dirigir.

Como se não tivesse dito a coisa mais bonita que alguém já me disse na vida.

vinte.

Parte de mim se perdeu nos açoites do mar
E outra parte de mim aportou em você
"Parte", Tiago Arrais

Eu não quero mais.

Não quero mais o divórcio. Não quero mais soltar a mão dele.

Parte de mim está gritando isso com tanta intensidade, que minha cabeça começa a latejar. A outra parte, quase silenciosa, me lembra de que talvez eu só esteja confusa pela sequência de momentos bons, que não vão durar para sempre. Racionalmente, é ela que está certa. A dor de deixar William ir será apenas uma, mas, se eu escolher ficar, sentirei dor a cada briga, a cada vez que ele não estiver perto, a cada vez que ele me decepcionar. Não parece uma conta difícil de fechar. Mas, por algum motivo, a voz mais alta quer que eu acredite que as dores do segundo tipo valem a pena.

Nenhum dos dois lados tem argumentos suficientes. Por isso, assim que chegamos em casa, pego minha bolsa — com o caderninho e o diário — e corro em direção ao escritório. Hoje era a data limite para contar ao William sobre a decisão da qual não tenho mais certeza. Preciso de mais alguma coisa. De mais uma viagem. De mais memórias. De mais tempo.

— Você lembra que hoje tem o lançamento, não é? — William grita da sala enquanto desapareço no corredor.

— Estarei pronta na hora — respondo depressa e então bato a porta. Viro minha bolsa sobre a mesa, espalhando todos os pertences ruidosamente, e seguro o caderninho das viagens no tempo. Minhas mãos tremem. Não me importa para qual lugar eu vá, desde que tenha certeza de que a magia ainda não acabou.

Aperto os olhos e abro o caderninho em qualquer lugar, focando nas páginas em seguida. Procuro avidamente entender o que está escrito, mas dessa vez os caracteres me traem. Eles parecem confusos e não consigo me concentrar neles.

— Não, não, não...

As palavras não surgem mais e, quando surgem, não são compreensíveis para mim. Começo a folhear o caderninho com força, quase rasgando as páginas, sem resposta. A magia está me abandonando quando eu mais preciso dela. Atiro o caderno na mesa ao desabar na poltrona com um suspiro frustrado e cubro o rosto com as mãos.

— Custava ser um pouquinho mais paciente, Efeito Círculo?

Abro a gaveta para deixar o caderninho lá e esbarro com os papéis do divórcio, então a fecho de novo. Como um prêmio de consolação, resgato meu diário da bagunça que fiz com a bolsa revirada e releio os momentos para os quais não posso mais voltar em busca de alguma pista, em busca de entender onde foi que as coisas saíram do meu controle. Ironicamente, penso nas coisas que não escrevi — na vida depois do casamento, até chegarmos a esse ponto — e minha mente confusa clareia por um lapso de tempo, oferecendo as respostas pelas quais pedi como se eu estivesse em um banquete.

De repente, sei o que há de errado.

Sou eu.

William e eu nos casamos no fim da faculdade e enfrentamos muita coisa juntos. Nosso primeiro apartamento quase não tinha móveis e era tão vazio que nossas vozes reverberavam quando estávamos conversando, de modo que precisávamos falar baixinho para não ficarmos ainda mais assustados com a loucura que tínhamos feito. Nós mal conseguíamos nos manter. Tínhamos dívidas, trabalhávamos demais e fazíamos uma marmita de yakisoba durar dois dias inteiros. Mas isso nem foi por muito tempo. Logo Liam apresentou a proposta do jogo na empresa onde estagiava e foi efetivado como chefe do projeto. Meu livro também viralizou nas bookredes e se tornou o fenômeno do ano, então, além de best-seller, virei sócia da editora com Fred.

E, bem aí, tudo começou a desmoronar.

Enquanto nossa vida era uma droga, eu sabia o que havia de errado, e isso me dava a sensação de que todo o resto estava bem. Mas agora nada parece ruim. E eu fico louca, porque sinto que a qualquer momento vou perder isso. Eu não me acostumei à felicidade, de modo que, a cada dia, a cada maldito segundo do dia, tento prever desastres e me antecipar. Assim, começo a criá-los. Saboto o momento que ainda estou vivendo. Com medo de que ele acabe, sou eu quem está acabando com ele antes mesmo de aproveitá-lo.

Mas o pior de tudo é que tenho consciência do que devo fazer. Sei que todas as desculpas que criei para culpar William pelo divórcio não funcionam. Sei que poderia ser honesta com ele, que poderia tentar de novo, que desistir do nosso casamento é covardia. Mas, quando caio na espiral, não consigo ver as coisas com clareza. Só quero terminar tudo e correr de volta para um lugar onde já estive, porque, mesmo que seja horrível, ele é familiar. Quero estragar tudo de uma vez para não ter a chance de perder o que eu amo aos poucos, sem que eu tenha escolha. Eu sou a garota que nunca termina de ouvir uma música, porque, ao sentir que ela se aproxima do fim, pulo para a próxima só para não ter a sensação de que está acabando sem que eu tenha controle disso. E, céus, estou fazendo a mesma coisa agora... com a pessoa que mais amo no mundo.

— Mae... — William dá algumas batidinhas na porta. — Não podemos nos atrasar, ok?

Mas eu prometo que vou tentar de novo, Liam.

Prometo que vou consertar isso. Prometo fazer a gente dar certo.

E vou conseguir isso sozinha.

vinte e um.

Meu coração, minha razão
Tudo vem de Você
"Tudo vem de você", Kim

Novembro, 2023.
O dia em que ~~devo~~ deveria contar sobre o divórcio.

É frustrante escrever no meu diário agora.

Porém, depois de ter sido abandonada pelo Efeito Círculo, as palavras são a única magia que me resta. Diferentemente de uma poção do amor ou de artefatos encantados, que podem ser usados a critério de quem os domina, a magia das letras tem vontade própria. Às vezes, o alfabeto corre de mim, recusando submeter-se ao que quero expressar, e as palavras fogem feito gremlins furiosos que não ligam para prazos descritos em escaletas ou contratos. Em outras, porém, elas é que me movem, sufocando minha mente até que eu dê espaço para contarem ao mundo algo que estava dentro de mim e eu nem sabia.

Você só consegue usar a magia das palavras se aceitar que, em grande parte do tempo, será usado por elas.

Não sei ao certo o que estou escrevendo nem o porquê. Enquanto apoio o cotovelo na mesa e descanso o rosto nas mãos, esperando a próxima enxurrada de frases, encaro a porta parcialmente translúcida do escritório. A sombra do William passa de um lado para outro a cada cinco minutos. Esse não é um bom momento para encher uma página sobre pensamentos existenciais, descritos de maneira impessoal e com um título presunçoso, como se eu fosse colunista de revista feminina nos anos dois mil, mas é isso o que vou fazer, porque é isso o que as letras querem que eu faça. Elas quase sussurram:

"Escreva que não podemos mudar por completo as pessoas que amamos."

Acredito fielmente que o egoísmo está ligado de forma intrínseca ao coração humano. Na infância, achamos que nossa mãe se chama "mãe" e que as pessoas estão sendo sinceras quando dizem que nosso amontoado de rabiscos no papel é o desenho mais lindo que já viram. É porque acreditamos que o mundo inteiro está prestando atenção em nós. Crescemos com a ideia de que fazemos as coisas da melhor forma, até que esbarramos em alguém que discorda, porque ela sofre do exato mesmo problema: também foi concebida e criada na poça do egoísmo.

Tudo desanda quando você se apaixona por essa pessoa.

Os defeitos com os quais convivemos a vida inteira são invisíveis para nós, mas agora alguém se incomoda com eles. E trabalhar para mudá-los porque você quer que dê certo é como deixar o outro tirar pequenas lascas de madeira que tornam você uma figura diferente do que era a princípio. E, sem sombra de dúvidas, ele ou ela precisa fazer o mesmo. Mas chega um momento em que se esbarra no limite. "Se você tomar mais de mim, não serei mais eu mesmo." Então, ambos precisam decidir se as cessões feitas pelos dois lados são suficientes.

Talvez as letras estejam me dizendo que o amor é uma escolha. Não apenas porque você escolhe a pessoa com quem vai dividir a vida, mas porque você escolhe amar as partes feias dela sabendo que ela também decidiu amar as suas. Porque você decide entregar lascas de você que doem ao serem cortadas sabendo que não é o único a fazer sacrifícios.

E, principalmente, porque você escolhe amar o que não pode mudar no outro sabendo que ele fez o melhor que pôde, abdicando do egoísmo de ser protagonista da própria história para dividir o palco com você.

As letras agora começam a adormecer, porque este pequeno ensaio está chegando ao fim. Passo os olhos até o topo da folha, vendo o lindo jardim que elas plantaram, e fico orgulhosa do trabalho que fizemos juntas. Sinto falta de uma conclusão. É a minha mania como escritora de ficção que prefere finais fechados, sem pontas soltas e completamente explicados, os quais as letras juram serem entediantes demais. Vejo também a sombra do William, agora parada diante da porta, com a mão suspensa no ar, como se hesitasse se deveria bater.

Há uma pilha de lascas diante de nós dois.

E eu acho que já nos machucamos o suficiente.

vinte e dois.

Às vezes eu me sinto cada vez mais distante
Da terra firme
"Meu porto", Preto no Branco

Escondo o cansaço com uma maquiagem esfumada, coloco um vestido amarelo simples e vou atrás das sandálias de salto que não uso há meses. Prendo o cabelo em um coque baixo, deixando duas mechas soltas, e coloco os mesmos acessórios de todos os dias, os que moram na mesinha de centro, porque vivo com preguiça de guardá-los.

Questiono, girando diante do espelho, se minha escolha modesta é adequada para a magnitude do evento, mas vejo William atrás de mim usando simplesmente uma camisa social preta, meio desabotoada, e calças da mesma cor.

— Você está bonita — ele diz.

Tento sorrir.

E então me lembro da promessa que fiz no escritório. Ainda diante do espelho, estendo a mão para que ele se aproxime, e William apoia o queixo no meu ombro ao encarar nosso reflexo. Levo uma das mãos ao cabelo dele, enchendo os dedos com os fios ondulados, e sinto-o estremecer ao toque. É estranho para mim também, considerando que o tenho evitado há meses.

— Está nervoso? — pergunto.

— Muito óbvio?

— Se fosse o projeto da minha vida e meu dia tivesse sido o caos que o seu foi, eu também estaria.

— É, não é? — Ele expira devagar.

William abaixa o rosto. Sinto sua respiração no meu pescoço e, pelo reflexo no espelho, vejo que ele fechou os olhos. Antes que tente me beijar, eu me afasto.

Assim que termino de me arrumar, descemos e seguimos de carro até o salão do hotel onde o evento está acontecendo. Embora ainda esteja cedo, a movimentação já está intensa. O lugar foi dividido em duas salas: uma delas foi feita para gamers e influenciadores e está cheia de objetos do universo, assim como estações para que eles experimentem o jogo. A outra sala — para onde estamos caminhando — foi feita para investidores e empresários parceiros, e se parece mais com um evento formal. Há música ambiente, garçons bem-vestidos e drinques passando de um lado para outro nas bandejas.

Depois do William, devo ser a pessoa aqui que mais conhece o *World of Xangrim*. Ouvi todas as versões da história do jogo, desde a que existia na cabeça do Liam adolescente até a que chegou ao público. Ajudei Elara a consertar os furos de storytelling, dei uns palpites para o game designer sobre as personagens femininas e, antes que eu e William ficássemos mais distantes, participei de algumas reuniões de equipe. No fim, a história ficou tão boa que fiquei tentada a roubar para o enredo de um livro. Para se ter uma ideia, o trailer quebrou a internet no dia em que foi lançado.

WoX conta a história de um adolescente que ansiava fugir da própria casa — familiar, não? Liam é péssimo em disfarçar. Um dia, ele encontra um mago que lhe oferece o seguinte acordo: o jovem pode escolher para qual universo deseja ir, mas não sabe quem será lá, ou pode escolher ser quem quiser, mas não terá controle sobre o universo em que ficará. Há universos tranquilos, enquanto outros são tenebrosos. E há skins de guerreiros poderosos, assim como de simples camponesas. A questão é o que vale mais para quem está jogando — a identidade ou a realidade. Seja qual for a escolha, ele deve se adaptar ao seu novo lar, ou será jogado de volta ao mundo de Xangrim, o qual tanto detesta, dessa vez sem chances de escapar.

Mas o que torna o jogo mais genial é que ele começa quando todos pensam que é o fim. Somente quando o jogador fracassa na primeira parte da missão e retorna ao seu mundo original, ele percebe que ali também há um desafio a ser vencido. E ele só pode descobri-lo sendo quem é, no lugar onde está, exatamente quando para de fugir.

Essa parte foi minha ideia. E não sei se William entende o que quis dizer com ela.

— Chefe! — Elara surge quase correndo em nossa direção. — Que bom que você chegou, estão precisando de você no... Não. Não acredito!

Sorrio.

— Oi, Elara.

— Maeve! — Ela me puxa para um abraço sufocante. William arqueia um dos cantos da boca enquanto sou esganada. — Caramba, achei que nunca mais fosse te ver.

— Conto com você para garantir que ela não fuja — ele diz, se afastando em seguida. — Volto logo.

— Nossa, você tá ótima. Mas você sempre foi uma diva, mesmo. Adoro ser amiga de gente famosa.

Dou uma risada, e ela me arrasta para uma mesa de docinhos e canapés enquanto nos atualizamos da vida uma da outra. Liam é a razão pela qual nos tornamos amigas. Ela namorava o colega de quarto dele, e às vezes saíamos os quatro para comer besteiras e reclamar da vida. Mesmo depois de eles terminarem, Elara continuou nas nossas vidas, e depois William a convidou para a equipe de desenvolvimento do jogo. Ela acabou ficando mais próxima dele, por trabalharem juntos. Desde a faculdade, ele é como um irmão mais velho para ela.

— Você não apareceu mais. O chefe estava sempre sozinho nas confras de fim de ano.

— Eu estive muito ocupada — respondo usando minha desculpa favorita.

— Não perdeu muita coisa, sabia? Todos os eventos são meio mortos por causa desse aí.

Ela aponta com a cabeça para o palquinho que está sendo montado para o discurso do presidente da empresa. Chego mais perto para que ela fale mais baixo.

— O CEO?

— Um grande babaca.

— Jura?

Elara acena com a cabeça, fazendo o black power balançar.

— Ele quis que cada detalhezinho do projeto passasse por ele. O pobre do chefe teve que fazer um calhamaço de relatórios e ainda detalhar bem, porque ele é completamente leigo. Isso sem contar o cronograma absurdo para entregar as etapas. Sério, eu não sei como o William não enlouqueceu.

— Nossa, eu não fazia ideia.

— Ele não deve levar os problemas para casa — ela continua. — Mas a gente sabia que ele estava estressado. Ele fica meio aéreo quando está no limite. Por isso o obrigamos a tirar uma folga naquele dia em que... Nossa, eu acabei nem pedindo desculpas pela catástrofe daquele dia.

— Não foi sua culpa — eu a tranquilizo. — E não deve ter sido fácil para vocês também, tendo um chefe tão cruel.

— Ah, não... — ela retruca. — O *meu* chefe é legal. Ele tomou todas as bombas nas costas para proteger a gente. Sério... A equipe inteira admira o William.

Sorrio.

— É bem a cara dele mesmo.

Elara e eu conversamos mais um pouco até ouvirmos a contagem regressiva para o início da transmissão. O discurso será transmitido ao vivo em todas as redes sociais da empresa. Eu me sento em uma fileira reservada junto aos outros integrantes da equipe e inclino a cabeça ao ver dois rostos conhecidos cujos donos acenam para mim — Arthur e Lucas. Aceno de volta.

Não demora muito até as câmeras se posicionarem no palco, indicando que a transmissão vai começar. Olho ao redor à procura de Liam e coloco a bolsa para guardar a vaga dele. Vasculho de um lado para outro, esticando o pescoço até encontrá-lo atrás do notebook, perto do CEO, que agora está colocando um microfone headset.

Ele levanta a cabeça por um momento e me pega espiando. Nossos olhares se cruzam. E, quando sorri, William parece aquelas crianças catarrentas que ficam felizes ao verem os pais na apresentação da escola. Se ele estivesse vestido de árvore, não pareceria mais fofo.

— Senhores, senhoras... Ou devo dizer "xangrianos"? — O CEO dá uma risada, exagerando na performance. — Se estão aqui nesta noite, é porque sabem quem eu sou. Mas vou me apresentar mesmo assim.

— "Xangrianos" é a coisa mais brega que já ouvi — Arthur sussurra. — Ele ao menos leu o vocabulário do jogo?

— Shh! — Elara repreende.

— Nessa noite de lançamento e de sonhos realizados, eu queria contar a vocês como a ideia do nosso maravilhoso game começou.

— É agora. Ele vai chamar o chefe — ela comenta.

William sai de trás do computador e dá alguns passos em direção ao centro. Mas, antes mesmo que apareça no telão, o CEO caminha para um dos extremos, atraindo a câmera e tirando-o do campo de visão.

— Xangrim sempre esteve na minha mente, desde que eu era uma criança. Desenhos, imagens... O universo que vocês estão vendo ficou guardado só para mim por muito, muito tempo, até que eu decidisse compartilhá-lo com vocês.

Vejo a mandíbula de Liam retesar, mas ele não se move. Elara xinga baixinho. E eu me levanto, em um impulso, farta por hoje de ver gente idiota proclamando seus discursos imbecis.

Caminho em direção ao palco.

A respiração difícil faz o percurso parecer mais longo. Sinto uma dor crescente pressionando meu peito. William tinha um babaca como chefe todo esse tempo. Todos esses anos. E sei que eu não poderia mudar isso, mas poderia ter tornado o caminho mais leve. Poderia ser o porto seguro dele ao voltar para casa. Poderia ter perguntado por que ele parecia tão exausto até arrancar a verdade dele, por mais difícil que fosse, porque ele estava fazendo isso por nós. Ou melhor, poderia ter parado de forçá-lo a falar o que sentia e ajudá-lo de outra forma, talvez concordando em assistir a qualquer anime da lista para que ele se sentisse melhor depois de um dia ruim.

A dor que pressiona o meu peito e me deixa com vontade de chorar é a dor da ausência. Da minha ausência. E, agora que estou aqui e que tudo está acontecendo na minha frente, não posso continuar inerte.

— Mentiroso! — grito. — A ideia não foi sua!

Ouço o alvoroço e percebo cabeças se virando na minha direção. Não tiro os olhos do palco ao caminhar a passos firmes, meus punhos cerrados em um misto de luto e indignação.

O CEO olha de canto para mim e então continua seu discurso, sinalizando para os seguranças. Continuo avançando.

— Olha para mim se tiver coragem! Idiota!

Meu próximo passo é interrompido com força e sou quase dobrada ao meio. Sinto mãos fortes me carregarem pela cintura e, embora eu tente resistir, não piso mais no chão. Estou gritando e pronta para arranhar ou morder os seguranças, então percebo quem me levou para fora.

— O que você está fazendo, Mae?

O tom de William é tranquilo e sereno. Quase não reverbera no corredor apertado para onde me trouxe. Ele mantém a calma mesmo depois de ter sido roubado sem o menor dos escrúpulos. Nunca vou entender esse homem.

— Isso não é justo, William. Você não merece!

— E você não pode fazer um escândalo. — Ele segura meus dois braços contra a parede. Usa pouca força, mas é suficiente para me imobilizar. — Mesmo que seja dentro da sua bolha, você ainda é uma pessoa pública. Não pode se prejudicar por isso.

— Eu não ligo. — Empurro-o para que ele me solte e afasto uma mecha de cabelo que se desprendeu do penteado.

— Eu também não — ele diz se aproximando. — A patente do jogo é minha. Tudo que ele quer com esse discurso é bajulação, e eu não dou a mínima para isso.

Franzo o cenho, brava com ele. Ou comigo, já nem sei mais a diferença. William realmente não parece preocupado com o que está acontecendo lá fora. Esse corredor, aqui e agora, parece ser o lugar mais importante. A percepção disso faz meu coração doer.

— Mas não é justo. — Há um nó na minha garganta. — Você está... está sendo *covarde.*

Eu estou sendo covarde. Todo esse tempo. E não sei lidar com isso.

Sua voz é quase um sussurro quando ele finalmente fala:

— Você tem razão. Estou sendo covarde.

— Will...

— Eu sei que tem algo errado, algo muito errado, e não tenho coragem de perguntar o que é. Eu só tenho dado a você espaço, esperando que você termine tudo o que precisa fazer e depois volte. Mas você não volta. Você não voltou para mim, Mae.

Engulo em seco e me dou conta de que o assunto não é mais o jogo. Liam fica parado, esperando minha reação, e a verdade é que essa tem sido a postura dele. Esperando e esperando algo que não sou capaz de oferecer. Eu quero reagir. Quero abraçá-lo e dizer que vai ficar tudo bem. Mas tenho tentado, durante toda a noite, vencer a barreira que eu mesma criei, só que é impossível. Algo dentro de mim é incapaz de criar raízes, e William Oliveira será a minha maior perda.

— Desde que eu te conheci — ele continua em um tom dolorosamente baixo —, você vive no seu próprio mundo. E isso não é um problema, desde que você deixe a porta aberta. Porque aí eu posso entrar no seu mundo com você.

Liam para diante de mim, seus olhos cintilam da forma mais dolorosa possível. Ele enfim deixa as lágrimas caírem.

— Mas faz tempo que você fechou a porta, e isso... — Ele inspira e expira. — Isso está acabando comigo.

Eu sinto muito.

Sinto tanto.

Meu marido finalmente me abraça. Enquanto traz minha cabeça ao seu peito, a outra mão procura pela minha, entrelaçando todos os dedos.

— *Ainda encaixa* — eu o ouço sussurrar e permito que ele me envolva, mas meus músculos enrijecem. Não consigo retribuir. E me odeio por isso.

— Por favor, Mae. Pare de me trancar do lado de fora.

Os céus sabem o quanto eu quero.

Mas percebi que não tenho as chaves.

vinte e três.

Quando eu não puder sentir nada
Tenha misericórdia e me deixe sangrar
"Unraveling", Cory Asbury

Existe uma única coisa que amo quando se trata de ir a uma festa com muitas luzes, muito barulho e muita gente: voltar para casa.

Minha casa sempre foi tão silenciosa?

Minha cama sempre foi tão quentinha?

Minha sala sempre teve esse cheiro de cozinha com bolo no forno?

Outras pessoas poderiam pedir para sempre perceberem esses detalhes, mas eu não. Gosto de estar alheia na maior parte do tempo e então, em um lampejo de graça, ser capaz de enxergar tudo, ter um vislumbre do que realmente me cerca e ser inundada pela sensação de conforto que a percepção traz e que não teria o mesmo efeito se aparecesse todos os dias.

Entre mediocridade constante e picos de alegria, eu sempre vou escolher a segunda opção. Por mais problemático que isso pareça, acho que não sei viver se não for assim. Acho que não existe Maeve se não for assim.

— O seu pé está machucado. — A voz de William me tira da inércia.

— É do salto.

— Tem curativos?

— Na gaveta do escritório.

Eu me sento no sofá e apoio a cabeça, que parece ter o dobro do peso, nas mãos. Depois de um dia sentindo tudo no volume máximo, tudo o que quero é dormir para ver se amanhã as coisas estarão mais em ordem aqui dentro. Talvez eu nem troque de roupa.

— Encontrou? — Viro para Liam assim que ele surge na sala. Meus olhos terminam de capturar a imagem diante de mim e percebo que comemorei o fim desse dia caótico cedo demais.

William parece assustado. Confuso. Com medo.

Não.

Ele parece com raiva.

Ele está segurando nossos papéis de divórcio.

— Liam...

— Quando você ia me contar?

Abro a boca para responder. Hesito.

— Quando, Maeve?

— Depois da festa de hoje.

Ele engole em seco. Seus olhos se enchem de lágrimas outra vez, e mais uma camada na enorme culpa que eu estava sentindo me soterra com seu peso. William deixa os papéis no balcão e vai até o quarto. Eu o sigo e vejo quando ele puxa uma mochila de cima do guarda-roupa e coloca peças dentro dela. Meus membros paralisam e não consigo ir até ele, embora eu esteja despedaçando por dentro. Minha voz apenas oscila.

— Aonde você vai?

Ele passa por mim em direção à porta.

— Fazer o que você quer.

vinte e quatro.

Toda minha vida, eu procurei
Loucamente por essa parte que faltava
"Your Love Broke Through", Keith Green

Eu dormi.

Dormi por dezesseis horas seguidas e acordei em uma tarde solitária, com café de cápsula e música. É alguma sinfonia de Mozart, eu acho. Combina com o clima natalino.

Dessa vez, não está chovendo. O dia está claro e brilhante lá fora, o sol sendo insensível aos corações partidos — ou talvez dando a eles uma chance de juntar os pedaços, depende da perspectiva.

Eu deveria estar feliz.

Eu não estaria feliz se a pessoa a quem estivesse presa por três anos simplesmente se soltasse de mim? Se eu voltasse a ser uma passageira que pode estar em qualquer lugar? Eu não sou a grande fã de despedidas?

Talvez eu só goste de dizer adeus quando sou eu quem está partindo.

— Estou acostumada com isso — repito para mim mesma. Jogo toda a melancolia para o fundo da mente e penso no que fazer agora que só respondo a mim, como sempre desejei.

Decido voltar ao sebo.

Antes disso, ainda tento três vezes usar o caderninho, só para ter certeza de que a magia acabou. Não funciona mais. Então, aceitando meu destino, resolvo devolvê-lo e desejo que o Efeito Círculo aconteça a outra pessoa com mais sorte do que eu.

Dirijo meio inerte pelo mesmo caminho que fiz na quarta, quando toda a loucura começou. Estou usando o moletom de William e penso que preciso me livrar de tudo que lembra o meu ex-marido agora. *Logo tudo isso passa. Logo eu vou ficar bem.* Apesar de tudo, reagi ao rompimento melhor do que pensava. Sinto meu peito meio oco, mas anestesiado, consciente de todas as razões lógicas pelas quais foi melhor assim.

— Olá, bem-vinda de volta — diz o senhorzinho.

Abro meu sorriso mais falso e explico que quero devolver o livrinho porque não sou fluente em grego de verdade e que ele não precisa me pagar o dinheiro de volta. Compro mais alguns livros para deixá-lo satisfeito, então retorno para o carro.

O humor da minha cidade indecisa oscila novamente, e a chuva me pega ainda na saída. As gotas grossas doem na minha pele. Coloco o capuz do moletom e corro até o lugar onde estacionei o carro, então ligo o limpador do para-brisas em seguida e dirijo de volta para casa. Em poucos minutos, as ruas mal planejadas começam a inundar por causa do aguaceiro intenso, e os pneus perdem aderência.

Meus olhos estão tão inchados devido ao tempo que dormi que mal consigo mantê-los abertos. Eles ardem e lacrimejam. Ligo o farol na potência mais alta e desligo o som para me concentrar melhor. Sem a música, a voz da minha cabeça fica mais alta, dissolvendo a letargia. Penso nas viagens. Penso na festa. Penso em William.

Começo a chorar.

Sigo em frente desejando chegar em casa o mais rápido possível. Talvez eu tome um remédio e durma de novo. Amanhã eu ligo para Fred e o obrigo a me deixar trabalhar. Ou talvez passe um tempo com meus pais. Ou ligue para...

Não posso ligar para Jojô e pedir conselhos. Não tenho mais o livrinho para ir até ela outra vez. *Se ao menos eu tivesse mais uma viagem.* Só mais uma. A dor esmaga o meu peito de um jeito tão excruciante que pareço flutuar entre dois mundos, distraída demais para perceber quando o sinal fecha. Apenas ouço o som do carro derrapando e de algo que se quebra ao que parece ser um acidente.

Talvez eu durma por mais algum tempo.

vinte e cinco.

Eu clamo pelo seu nome
Porque você é a minha âncora

"NEED", RYAN ELLIS

— Moça? Você tá bem? Tem seguro?

Ouço alguém esmurrar a janela. Levo a mão à minha têmpora dolorida, mas não vejo sangue quando a estendo diante de mim, então abro a porta e saio do carro. A pessoa continua gritando e gritando, mas não dou atenção. Começo a andar na chuva sem rumo, sem checar se estou machucada ou não e pensando que airbags podem não ser tão úteis quando fazem o trabalho direito.

— Você estava tentando morrer?! — ouço alguém gritar.

Dou um sorriso sem humor.

A chuva diminui à medida que caminho, mas já estou ensopada. Enfio as mãos no bolso do moletom e perambulo pelas ruas brilhantes, cheias de pequenas poças. A cidade está meio vazia. Tudo se parece um pouco com um sonho.

Caminho sem pensar em nada. Sendo empurrada por inércia. Contando os passos. Esquerda. Direita. Esquerda. Direita.

Chuto uma pedra.

Eu conheço bem essa parte do bairro. Passei por aqui de ônibus inúmeras vezes, em diferentes fases da minha vida. Voltando da faculdade, indo para o estágio... Sempre na correria. Enquanto estava espremida dentro do transporte coletivo, disputando o espaço de um pé com três ou quatro, eu costumava olhar para a praça que está agora diante de mim. As pessoas passeavam e faziam exercícios ou piqueniques, e eu me sentia desafortunada. Parecia injusto que todos estivéssemos vivos, mas alguns tivessem mais tempo para aproveitar essa vida, enquanto outros apenas tentavam sobreviver. A ironia é que agora estou do outro lado da realidade, mas continuo me sentindo infeliz.

Atravessando a praça, tem um prédio residencial bem alto. Quando Jojô e eu passávamos por aqui, eu dizia a ela que queria morar no último andar. Bem isolado. E ela dizia que não ia dar certo porque eu me sentiria sozinha. O argumento de que seria difícil fazer supermercado me assustava mais.

No fim do quarteirão, lembro que tem uma padaria. Na outra esquina, uma academia onde antigamente era uma escola. E bem aqui...

— Você de novo. — Rio.

Tem uma igreja.

— Você não sai do meu pé, não é?

Sento-me de costas para o prédio, na calçada, me sentindo uma perdedora. Mas não porque nunca consegui o que desejava, e sim porque, mesmo tendo conseguido, meus sonhos escorrem entre os meus dedos. Não tenho forças para segurá-los. E, no desespero, simplesmente abro mão deles.

"Sua felicidade depende de você", é o que dizem. E que droga. Eu não sei me fazer feliz.

Viro e dou uma espiada dentro do prédio. As luzes estão meio esmaecidas. Ou talvez seja a minha visão, não sei dizer. A igreja está aberta, porém vazia, e é completamente diferente do único templo em que já entrei. Consigo distinguir cadeiras acolchoadas, em vez dos bancos de plástico da igreja de Jojô, e o púlpito de acrílico não tem flores de plástico na frente.

Sorrio com a lembrança.

"Mamãe disse uma vez que pessoas com isso aí precisam encontrar uma co..."

Paro de sorrir.

"Qual era mesmo a palavra?"

— Uma constante.

A frase sai tão pesada da minha boca que nem tenho certeza se a disse em voz alta. A conversa com a garotinha na maternidade é como um gatilho desencadeando vários outros frames da minha vida. Quando presto atenção neles, percebo que, em circunstâncias diferentes, se repete o mesmo tipo de cena.

Um convite.

Um constante, insistente e perseguidor...

Convite.

Puxo o capuz da cabeça e esfrego as mãos na testa para tirar o cabelo grudado em meu rosto. Meu coração se contorce, e a dor, por incrível que pareça, começa a gerar alívio.

A igreja de Jojô. *Era ele?* O panfleto na faculdade. *Ele.* O dia no DragonAlly. *Ele, sim.* O lugar que William disse que tinha começado a frequentar. *Ele.* Aqui e agora.

Ele. Ele. Ele. Sempre ele. De todas as formas. Todas as vezes. Mesmo quando eu respondia que não acreditava. Mesmo quando eu partia seu coração. Mesmo quando eu lhe dava as costas. Mesmo quando eu não tinha o mínimo interesse no que ele tinha a dizer.

Enquanto minha vida mudava, algo permanecia. No vaivém de pessoas, alguém escolhia ficar. Jamais partia. Jamais desistia.

Ele. Sempre ele.

As ondas sacudiram meu barco, e o vento o levou de um lado para outro. Mas *ele*, sempre ele, foi a minha âncora. Sempre me atraindo com o peso de sua presença e debochando da minha ideia de não pertencer a nada e a ninguém, porque cada bendito passo da minha jornada carrega as suas marcas.

Eu nunca seria capaz de fugir. E, agora, não posso mais resistir.

Dou alguns passos para dentro do lugar e empurro a porta, abrindo-a. É uma sensação esquisita e extremamente nova de que eu, enfim, estou presa a Alguém. E isso não é mais assustador. Porque a corda não está sendo amarrada; está sendo puxada de volta. Meu corpo nunca experimentou isso, mas minha alma, sim.

E ela sentiu saudades.

— Deus? — digo e paro diante do púlpito ao me lembrar de quando o pastor chamou as pessoas à frente no único culto de que já participei. Acho que devo ser a que mais demorou para chegar. Isso me faz rir.

Meu pastor está me chamando. Como eu pude não reconhecer sua voz?

— Eu não quero mais empurrar as pessoas para fora, então...

Continuo sorrindo. E esfrego bem os olhos, enxugando algumas lágrimas. Ele estava batendo à porta esse tempo todo? Por todos esses vinte e seis anos? Ah, eu sinto muito aos demais da fila. Vai chegar a vez de vocês. Mas preciso começar por ele.

Preciso começar por quem mais insistiu em ficar.

— Você quer entrar na minha vida?

Estou rindo e chorando. Me achando uma idiota por não ter percebido antes. Mas ao mesmo tempo agradecida, profundamente grata, por não ser tarde demais.

— Deus, você aceita ser o meu primeiro *para sempre*?

vinte e seis.

Porque você é a minha criança
E você me conhece
"When I Hear the Praises Start", Keith Green

Minha cabeça dói.

É a primeira coisa que penso quando abro os olhos. O zumbido no meu ouvido desvanece lentamente, sendo substituído pela voz de Fred em algum ponto perto da minha cadeira. Estamos em um hospital.

— Fred?

— Ah, que bom que você acordou, *sunshine.* — Ele se dirige outra vez ao celular. — Falo com você depois, Aline.

Ergo as sobrancelhas.

— Quem é Aline?

— Minha namorada.

— Há quanto tempo?

— Há meia hora, quando fiz o pedido, antes de receber uma ligação porque você tinha batido o carro. Ficou louca, Maeve?

Dou um sorrisinho.

— Nossa, me desculpa por atrapalhar seu momento romântico.

— Isso não é hora para piadinhas.

Ah, é, sim.

Talvez seja a primeira vez que eu posso sorrir genuinamente, sem que seja para fingir que estou bem. Existe algo diferente em mim. Eu me sinto como uma criança que acredita ter um monstro debaixo da cama, mas convidou um amigo para dormir em casa. Sei que meu monstro ainda pode estar lá, mas também sei que, se ele me atacar, meu Amigo vai estar ao meu lado para me ajudar.

Só ele pode me dar coragem para enfrentar os meus medos.

Se bem que...

— Eu quebrei alguma coisa? — pergunto, checando meu rosto em busca de ferimentos.

— Não. — Fred suspira aliviado. — Seu acidente não foi grave. Você devia estar nervosa para ter apagado.

Abro a boca em surpresa.

— Não foi grave? Foi uma batida horrível, achei que fosse capotar.

— Quê? — Ele faz uma careta. — Oh, maluca... Você só apanhou na traseira depois de fechar um cara.

— Hã?

— Eu aposto que ele flertou com você, não? É a sua cara fazer isso. Mas quando me ligaram fiquei morto de preocupação. Ainda bem que eu era seu número de emergência.

— Fred... — Meus pensamentos aceleram, formando milhões de possibilidades, enquanto formulo a pergunta. — E-eu sofri um acidente grave, na segunda-feira, perto do bairro onde minha tia morava, certo? — Espalmo as mãos diante do corpo. — *Certo*?

Minhas mãos pairam no ar e seguro a respiração, à espera da resposta. Fred as abaixa devagar enquanto fala fazendo pausas, em um tom paternal.

— Você sofreu um acidente *hoje*. Quarta-feira. William disse que esbarrou em você de manhã enquanto você saía e ele voltava virado do trabalho — ele explica, voltando a falar normalmente. — Você, também, nem para dar um pouquinho de atenção para o cara, hein, Maeve? E o que a gente conversou ontem?

Ontem?

Olho para baixo, para a poltrona hospitalar onde estou sentada, então noto minhas roupas: suéter de tricô e minissaia. Pego meu celular e checo a data: quarta-feira. Meu peito sobe e desce, e meu coração bate de forma violenta, o que me deixa atordoada.

Ainda não fui ao sebo. Ainda não comprei o caderninho. Ainda não viajei no tempo.

Yara ainda está grávida. O game ainda não foi lançado. William ainda não saiu de casa.

William ainda não...

— Cadê o William?

— Você não sabe o que eu fiz. — Fred sorri enquanto ergue as duas sobrancelhas repetidamente. — Disse, com minha voz de enterro, que você tinha sofrido um acidente e estava desacordada. Ele ficou tão preocupado que desligou na minha cara, então em quinze minutos, no máximo, ele deve aparecer aqui voando. Depois você me agradece, *sunshi*... Espera, tá indo aonde?

— Encontrar o meu marido.

Arranco o acesso venoso. Calço os sapatos. Me levanto em um pulo.

— Eita, efeito reverso. Espera, Mae!

Saio correndo pelo hospital. Esbarro em uma árvore de Natal no corredor, e algumas bolinhas saem rolando pelo chão. Peço desculpas às enfermeiras, sem diminuir o ritmo, e então começo a rir. Mal consigo acreditar que ganhei uma última viagem. *Uma última viagem no tempo*. Aquela de que eu mais precisava.

Sigo as setas no chão, tentando encontrar a saída, e me perco. Faço o caminho de volta rindo. E chorando. E parecendo uma louca. Mas, quando finalmente viro no último corredor, eu o vejo, iluminado pela aura das segundas chances — algo que meu novo Companheiro de vida ama dar às pessoas, pelo pouco que conheço dele.

Quando William me vê, seus ombros relaxam. O cenho franzido se desfaz em uma expressão de puro alívio. Ele parece incerto do que fazer em seguida, então congela onde está.

Mas eu sorrio. Sorrio de verdade. Caminho até ele.

E o abraço com força.

Liam demora um pouco para retribuir, mas eu aperto os braços em volta da sua cintura e afundo a cabeça em seu peito. Então, ele cede, me prende ao seu corpo e não me afasta até que eu desfaça o toque. Em seguida, olha para mim, confuso e com os olhos um tanto marejados sob a lente dos óculos.

— Você parece ter muitas coisas para me contar, sirizinho. — É a primeira coisa que ele diz.

Eu amo você.

Sinto muito por quase ter desistido.

Obrigada por me escolher.

Não.

Tenho muito a dizer e sei que vamos ter tempo para isso, mas a coisa mais importante que preciso contar não será sobre mim.

— Will... — Levanto o pescoço e pisco para afastar as lágrimas. — Você sabia que músicas com nomes de número podem fazer a gente chorar?

vinte e sete.

Sem palavras vazias, sem mentirinhas
"Make My Life a Prayer to You", Keith Green

É domingo de manhã e a cozinha do nosso apartamento cheira a café de cápsula recém-feito. Não há música nem brisa. Liam foi de *espresso*. Eu, de *chai latte*.

Ele não parece feliz.

— Você sabe... — Arranho minha calça jeans na altura do joelho flexionado. Estou sentada em um dos bancos altos da cozinha. — Eu podia simplesmente jogar fora, mas achei que não seria honesto. Queria que você soubesse. Queria ser sincera.

William engole em seco. Seus olhos vão de um lado para outro na dança que já fizeram duas ou três vezes. Acho que ele nunca viu documentos de divórcio antes.

Eu o conheço. Sei que Liam está em silêncio porque precisa de um tempo para processar as informações. Sei que ele não reage de forma explosiva como eu, mas guarda tudo em sua mente, aguentando quieto, até o limite estourar.

Porém, quando ele não atende às minhas expectativas, eu fico frustrada. Quero que ele erga os olhos dos papéis e me dê parabéns por ter sido tão transparente. Então, que me abrace. E me diga que tudo está bem. Só que, em vez disso, seus olhos chegam ao fim do documento e voltam ao início, começando tudo de novo.

É tão fácil enxergá-lo como inimigo. Pensar que ele me tortura de propósito e me ressentir disso. Mas, se eu quero que as coisas sejam diferentes do lado de fora, as mudanças precisam começar dentro de mim, dentro da zona que é a minha própria cabeça. Mas juro que estou tentando arrumar.

Não mais sozinha.

— Talvez você precise de um tempo — digo, me levantando do banco. — Mas eu... Eu costumo enxotar as pessoas da minha vida, William. É um hábito ruim. Só que eu não quero fazer isso com você, então... você precisa me ajudar — *Mais do que isso.* — Eu preciso da sua ajuda.

Pigarreio. Parte de mim está envergonhada por ser tão vulnerável. Mas outra parte — a que está mais perto de Alguém — sente que está fazendo a coisa certa. Tento me apegar a isso.

— Vou deixar você pensar e...

— Eu ouvi você falando com sua mãe — ele diz com os olhos ainda no papel, segurando-o como se fosse frágil. Eu diria até que carinhosamente, se isso fosse possível. — No telefone... Disse que se arrependia do casamento.

A acusação é como uma pontada no meu peito. *Céus, acusação, não*. Não é isso. Por que será que é tão difícil enxergar com bons olhos? Ouvir com bons ouvidos? Escutar o que a pessoa está dizendo inteiramente, sem planejar usar isso contra ela?

— Fiquei magoado com você — William completa.

— Eu sinto mui...

— Odeio quando me deixa sozinho nos eventos. E quando pede ajuda em algo, mas depois faz por conta própria. — Ele pisca algumas vezes. — E entendo que seu trabalho exige muito de você, de verdade, mas acho que a gente precisa de um tempo juntos. De mais tempo juntos.

— O seu também exige — reajo, aumentando um pouco o

tom de voz. — Você virou quantas noites desde o início do projeto? Você também não dá tempo suficiente para a gente.

— É, eu sei.

William abaixa a cabeça de novo para os papéis. Eu me sinto incerta do que fazer em seguida. Peço desculpas por ter levantado a voz? Deixo-o sozinho? Droga. Nunca cheguei à parte em que tento fazer dar certo em vez de fugir.

Ouço o som fraquinho de uma risada.

— Você sabe... — William diz, então deixa os papéis no balcão e levanta-se, ficando de pé diante de mim. A diferença de altura me faz levantar o rosto. — Eu não sou bom em dizer o que sinto. É um hábito ruim, Maeve, mas estou tentando mudar isso. Então, também preciso da sua ajuda.

Mordo o canto da bochecha, suprimindo um pequeno sorriso. Ele roubou o meu discurso tão descaradamente.

— O que precisa que eu faça?

— Que faça isso. — Ele dá alguns passos na minha direção, segurando minha mão. — Diga quando algo estiver errado. E então eu digo quando algo estiver errado. Só tenha paciência se eu não conseguir fazer isso tão rápido quanto você, porque eu prometo me esforçar para não te deixar no escuro.

Concordo com a cabeça.

— Sinto muito por tudo — ele diz.

— Eu também sinto.

— Promete que não vai se esquecer disso?

Liam estende o mindinho em minha direção. Encaixo o meu, selando a promessa.

— Você pula, eu pulo, Jack.

— *Titanic*?

Ele franze o cenho depois de errar feio na referência. Ergo as sobrancelhas, quase ofendida.

— Querido? *Gilmore Girls*? *Time Logan*? Nossa... Vou ter que obrigar você a assistir às sete temporadas de novo?

— Não foi ele que no *revival*...

— Aquele *revival* nunca existiu. — Coloco a mão sobre a boca dele.

William ri. Subitamente, me levanta do chão e me coloca sentada no balcão da cozinha. Então, apoia os braços nos dois lados, cercando-me, e aproxima o rosto, nossos olhos na mesma altura.

— Topo. Mas, toda vez que alguém disser "café", você faz isso.

Ele rouba um beijo. Depois sorri. Encolho os ombros de tanta vergonha alheia.

— Isso foi, tipo... *muito* brega.

— Foi? — Liam abaixa a cabeça, ainda sorrindo. Quando ameaça se afastar e tira os braços do balcão, eu o puxo de volta, seguro seu rosto e devolvo o beijo várias vezes, em lugares diferentes, até que ele fique vermelho e com cheiro de gloss de morango. Envolvo meu marido em um abraço em seguida.

— Eu amo você, William.

Ele retribui, passando os braços pela minha cintura. Descanso minha cabeça em seu ombro, encho minhas mãos com as ondinhas do seu cabelo e registro tudo — a textura dos fios, o cheiro de café e a manhã preguiçosa lá fora. Tiro fotos com a minha memória e coloco tudo no acervo do Efeito Círculo, que agora só existe na minha mente.

Chamo isso de felicidade. Ao menos, uma parte dela.

Porque a felicidade é uma grande peça de vidro que se despedaçou e espalhou cacos pelo caminho. São pedaços minúsculos, como esse, tão pequenos, que passam despercebidos. Mas as pessoas insistem em acreditar que a felicidade inteira está em algum lugar e, enquanto correm para lá com toda força e energia, perdem os fragmentos que estavam o tempo todo bem diante dos seus olhos.

Quando Liam e eu nos acertamos depois de uma briga. Quando vamos à igreja e eu aprendo algo novo sobre o Jesus que acabei de conhecer e por quem me apaixono cada dia mais. Quando conversamos sobre o devocional. Quando descubro uma banda mais velha que meus avós. Quando conto para Deus que estou com saudade da Jojô e imagino sua felicidade nos braços dele. Quando Elara e Fred disputam quem come mais pedaços de pizza no rodízio.

Fragmentos de felicidade.

Mas só consigo enxergá-los agora. Depois de a Luz ter entrado na minha vida e feito todos os estilhaços brilharem para que eu deixasse de ignorá-los. Então, eu sei que, quando chegar ao fim do caminho, trocarei todos os pedaços pela plenitude que só uma eternidade ao lado de Cristo pode me dar. Até lá, eu e ele vamos encontrando mais pedaços escondidos na minha rotina.

É divertido. Como caça ao tesouro.

Quero ensinar isso à minha filha.

vinte e oito.

Eu te amo mais que um nauta
Ama a pátria que deixou
Mais que um pobre exilado
Ama o chão que o desprezou
Eu te amo mais que um cego
possa desejar a luz
E é assim que eu te amo, Jesus
"É assim que eu te amo", Ozeias de Paula

Retirado do livro *Relatos de uma garota confusa de quase trinta. Por Maeve Lee, 2025.*

Círculos não são infinitos.

Ok, meu marido é de exatas. Ele fez exatamente a mesma cara que você está fazendo agora quando eu disse a ele o maior desaforo que um matemático já ouviu. Mas eu prefiro o lado da poesia, no qual eu posso explicar o meu absurdo e deixar você boquiaberto, mesmo que no final não tenha dito nada com nada.

Deixe-me tentar.

Enquanto penso no meu argumento, giro minha aliança na mão esquerda até ela se soltar e a coloco na palma da mão. Não consigo ver onde meu anel dourado começa ou termina. E talvez esse seja um bom simbolismo para um casamento.

Somos tentados a almejar pelo infinito. Queremos que a paixão da adolescência dure para sempre. Que nossas caras nunca fiquem enrugadas. Que sempre possamos assistir aos nossos filmes favoritos ou ler nossos livros favoritos como se fosse a primeira vez.

Mas toda magia tem data de validade.

Acontece que, quando ela acaba, nasce um outro tipo de dádiva. Aquela em que nossas paixões deixam marcas que nos fazem amadurecer. Em que nossas rugas selam as melhores memórias. Em que nossos filmes e livros favoritos se integram a nossa personalidade, mesmo que a gente nem se lembre mais de por que gostamos tanto deles.

Mesmo quando o sino bate à meia-noite, Cinderela ainda tem um lado do sapato.

É por isso que círculos não são infinitos. Eles são apenas sortudos. Porque seu começo e seu fim coincidem, estão exatamente no mesmo ponto, e é assim que todas as coisas devem ser.

Elas devem se repetir.

Ao terminar este capítulo, eu provavelmente farei uma oração. Direi ao Eterno o quanto sou privilegiada por escrever histórias junto daquele que escreve a minha. Então, cantarei uma canção e direi que o amo. Até o dia em que minha voz não será mais ouvida neste mundo.

Anos adiante, pode ser que a minha filha — ou a filha dela — também o faça. Pode ser que ela também converse com ele enquanto escreve, esbarre nos mesmos louvores antigos ou diga que o ama com a mesma entonação que eu, e talvez isso o lembre de mim. Bem aqui, eu entendo que repetições podem ser a coisa mais bonita dessa vida finita.

Então, quando a magia acabar e você chegar ao fim do círculo, dê mais um passo. Lembre-se de por que começou. E, em vez de parar, siga para mais uma volta. Talvez, nessa velha, nova, diferente e repetida viagem, você descubra coisas que não tinha notado antes.

E essa será a beleza do fim.

Te dar um motivo para recomeçar.

dois anos depois.

epílogo.

Lá no fundo eu sei
O que sempre vou amar mais
"Christmas in the Midwest", Chris Renzema

Estou cercado de barulho, mas o meu pequeno sol é silencioso.

Um vozerio estridente pipoca ao meu redor enquanto pessoas passam de um lado para outro sem notar a minha presença, ocupadas, distraídas ou entretidas na companhia umas das outras. Quando estou com sorte, posso até ganhar um aceno ou sorriso de algum desses transeuntes, geralmente os que têm dois quintos do meu tamanho, mas para nenhum deles sou tão importante quanto para ela. Descubro, então, que só precisa da atenção de uma pessoa para que alguém comum como eu se sinta o cara mais incrível do universo.

Como se soubesse que minha hora favorita do dia se aproxima, meu corpo logo arruma a postura e eu cruzo os braços, encostando-me na lateral do carro. Inclino um pouco o pescoço para o lado, bem onde o vento serpenteia trazendo o cheiro de grama recém-cortada do jardim do outro lado da rua. A sinfonia de buzinas e conversa se mistura, mas o agito de uma metrópole não me impede de concentrar minha atenção no que estou esperando ver. É quando noto ondinhas douradas destacando-se no meio das mochilas coloridas, que balançam de um lado para o outro, fazendo-me lembrar do seu andar de pinguim.

E, então, ela me enxerga.

E, então, corre para mim.

E, quando me abaixo para receber seu abraço, penso que me tornei vizinho da felicidade e que todos os dias ela me convida para o chá, exatamente no mesmo horário, por pura bondade do Criador.

— Sentiu saudade do papai, meu amor?

Manu balança a cabeça várias vezes, encaixada ao meu ombro. Os bracinhos ao redor do meu pescoço agora conseguem dar a volta completa, e isso me lembra de quando eles eram curtos demais para alcançarem meu nariz na primeira vez que ela sorriu para mim. Ficamos parados na entrada da escolinha por alguns minutos, nessa mesma posição, porque, desde que eu descobri que seria pai, prometi que minha filha não teria nenhuma lembrança minha encerrando qualquer abraço. É ela quem vai me soltar, quando estiver pronta.

E ela o faz em seguida. Depois de acenar um tchau para a professora, Manu me entrega a mochila, e eu a coloco no banco de trás do carro. Enquanto afivelo o cinto da cadeirinha, faço algumas perguntas sobre o dia dela na escola, ao que ela responde apenas balançando a cabeça. É bom saber que a minha filha finalmente aprendeu o jeito certo de fazer isso, porque Fred a tinha ensinado a responder "sim" com um aceno negativo e "não" com um aceno positivo, o que levei semanas para corrigir. Só não foi pior do que a vez que ele a ensinou a mostrar a língua quando ainda era bebê. Infelizmente, o "tio Fedi" é a pessoa favorita dela, e Manu adora passar tempo com ele, então não posso fazer muita coisa a respeito disso.

Dou a volta e assumo meu lugar ao volante. A alegria de alguns momentos atrás é facilmente substituída pelo peso que reaparece no meu peito. Dirigi com ele até aqui e, depois de poucos minutos de alívio, ele me sufoca de novo. Eu só queria ir para outro lugar, qualquer outro lugar...

— Papai!

A voz do meu pequeno sol interrompe meu pensamento. Olho pelo espelho e a vejo balançar as pernas suspensas com um sorriso travesso no rosto.

— *Musca*!

Estou sorrindo antes mesmo que eu perceba.

— Ah, você quer música? — Aperto alguns botões no painel, e a faixa que estava na fila de reprodução começa a tocar. — É a playlist de Natal da mamãe, gosta dessa?

Manu começa a sacudir a cabeça de forma desajeitada, mas no ritmo da canção, enquanto olha pela janela. Considero isso um "sim". Quando iniciamos o percurso, ela se mantém desse jeito, observando atentamente a paisagem lá fora, como se em seu mundinho houvesse muitas coisas sobre as quais refletir. Seu olhar perdido me lembra dos olhos pelos quais me apaixonei muitos anos atrás e, toda vez que isso acontece, peço que Deus me ajude a lidar com duas garotas que pensam demais, já que foi ele quem as colocou na minha vida.

Mexo no painel para ajustar o GPS e, quase como ironia, a notificação da Mae aparece na tela. Disse a ela hoje de manhã que precisava visitar meus pais e que, por isso, ela deveria buscar a bebê na escolinha. Maeve respondeu que deveríamos ir os três juntos. Rebati que era melhor que eu fosse sozinho, porque quanto menos tempo levasse, melhor seria. Mas, agora, minha maravilhosa e astuciosa esposa quer que eu acredite que ela se atolou em um evento repentino e não pôde chegar a tempo de pegar a Manu, de modo que eu preciso levá-la comigo.

Ainda não decidi se estou chateado ou agradecido.

Meus pais vêm todo ano para o aniversário do Noah e acabam ficando mais tempo para outras datas comemorativas. Minha mãe é apegada demais ao neto, talvez por tê-lo acompanhado de perto desde o nascimento. Com a Manuela, foi diferente. Se dependesse de mim, ela nem a teria conhecido. Tanto eu como a minha irmã sempre tivemos uma relação complicada com os nossos pais, mas a verdade é que, depois que se tornou mãe, Yara amoleceu bastante. Eu fiquei feliz por ela, de verdade, só não sei se consigo fazer o mesmo. Evitei ao máximo que a minha mãe convivesse com a Manu e com a Mae por medo de que ela as machucasse como sempre faz, mas agora não sei mais se ainda estou fazendo isso para proteger as duas ou para proteger a mim mesmo.

Nunca fui bom em interpretar o que eu sinto.

Desacelero próximo ao semáforo e apoio as mãos no volante com o coração apertado. Tomei a decisão de vê-los porque sei que viver assim não é certo. Eu ouvi tantas pregações. Li tantos livros. E, embora entenda toda a lógica do perdão, praticá-lo me parece tão sufocante quanto manter a mágoa. Mesmo assim, sinto que preciso acertar as coisas e estou confiando puramente no Senhor para que feridas antigas sarem em vez de se tornarem ainda mais doloridas.

— Papai... — Manu fala outra vez, soando meio sonolenta.

— Oi, filha.

Ela aponta o dedinho para a rua, grudando-o na janela. Do outro lado da pista, há um vendedor de balões coloridos em formato de personagens. Ela ama isso. E, nos últimos meses, está tão obcecada pelo Homem-Aranha, que sei exatamente qual ela escolheria. Mas o vendedor está longe demais para ser alcançado, considerando o sinal que está prestes a abrir.

— O papai não consegue pegar um balão para você agora — digo tentando fazê-la entender. — Podemos comprar outra coisa que você goste quando voltarmos da casa da vovó, tá bom?

Ela pestaneja e curva o lábio inferior como se fosse chorar, porém aquiesce. Quando ela faz isso, sinto vontade de comprar todos os balões do mundo para ela. Como a minha filha consegue ser tão amável?

Lembro que esse foi o motivo de Maeve desconfiar que estava grávida: ela estava calma demais. Nós tínhamos ido a um restaurante, e a comida havia demorado mais de uma hora para ser preparada, porque a garçonete tinha se esquecido de enviar nossos pedidos para a cozinha. Assim que ela comunicou o problema, Maeve segurou a mão dela e disse que estava tudo bem, pois ela devia estar cansada de atender mesas o dia todo. Fiquei chocado. Mae tem um coração gigante, mas não quando está com fome. Tanta tranquilidade não poderia ter vindo da minha esposa.

Era dela. Do nosso solzinho.

Talvez seja bom que a Manu tenha vindo comigo. Talvez eu possa me lembrar do dia em que Mae e eu esperamos ansiosos no nosso banheiro até vermos dois traços em todos os cinco exames de farmácia. De como ela me abraçou, tão segura, sob o efeito calmante da bebê, enquanto eu me sentia apavorado, pensando em todos os erros que meus pais cometeram e em como eu não poderia suportar ser igual a eles. Talvez eu possa me lembrar da primeira vez que peguei minha filha nos braços e de como eu tremia ao pensar se estava segurando a cabeça direito, se ela tinha gostado de sentir o meu cheiro, se conhecia a voz que explicava sobre animes quando ela estava na barriga e se eu conseguiria ser o pai que ela merece.

Talvez isso me lembre que um dia eu também vou precisar que ela me perdoe.

O aplicativo anuncia que estamos chegando ao destino, e eu tento manter o ritmo da respiração para não ficar ansioso. Um pouco afastado do centro da cidade, o Airbnb que meus pais alugaram fica em uma área tranquila e arborizada. Parece uma pequena vila no meio do caos urbano. Quase não há carros na rua, por isso estaciono a poucos metros da casa e tiro a bebê da cadeirinha, caminhando em direção à porta com ela no colo.

— Quer tocar a campainha para o papai?

— Sim! — Manu responde com um sorriso que mais parece uma mordida, deixando as covinhas aparecerem. Eu a inclino para que ela aperte o botão e seguro o ar enquanto ouço o som de passos. Só consigo soltá-lo ao ver a figura da minha irmã.

— Oi — Yara diz um pouco ofegante e com o cabelo bagunçado. —Não sabia que viria hoje.

— Decidi em cima da hora — respondo, mas não deixo passar a chance de provocá-la. — O que aconteceu com você, foi atropelada por um furacão?

Yara faz uma careta.

— Isso, irmão, é ter um adolescente de três anos em casa — ela rebate. — Olha bem para mim, eu sou o seu futuro.

Rio. Desço Manu do colo e abraço rápido minha irmã, e seguimos pelo corredor comprido e artificialmente iluminado. As paredes e a escada espiralada no fim são em tons de madeira, o que me lembra do lugar onde crescemos. Não imaginava que existia uma casa como essa na região.

— É legal você ter vindo — Yara comenta baixinho. — Sei que não é fácil para você.

— E agora é fácil para você?

Meu tom soa mais ríspido do que eu gostaria, mas ela responde com um sorriso resignado. Vi esse mesmo sorriso anos atrás, quando mamãe nos proibiu de ver os amigos "que não estavam no nosso nível" e nós fugimos juntos. Ou quando ficamos sozinhos no hotel em uma das nossas férias de família, porque nossos pais estavam ocupados criando contatos, e eu precisei cantar a noite toda para ela conseguir dormir.

Ou em todas as vezes que a encontrei escondida no meu closet porque a mamãe tinha ignorado o aniversário dela.

Não é possível que Yara tenha esquecido.

— Desculpe — digo.

— Está tudo bem. — Ela solta um pequeno suspiro e se dirige à minha filha em seguida. — Vem com a titia, gatinha. Vamos brincar com o Nonô.

Manu a segue em direção à cozinha, e Yara se vira apontando com a cabeça para a sala de estar. Fico alguns segundos sozinho, parado por tempo suficiente para ouvir o gritinho de felicidade da minha filha ao encontrar o primo e para pensar em todos os comentários ruins que posso ouvir assim que entrar no cômodo ao lado.

Pode ser que a minha mãe comente das minhas roupas amassadas, critique meu corte de cabelo ou pergunte maliciosamente sobre a Mae não ter vindo. Talvez papai pergunte como vão os meus investimentos na bolsa de valores, já que ele me indicou um supercorretor que conversou comigo por quase uma hora sobre coisas nas quais não tenho o menor interesse. Isso se ele estiver com vontade de falar hoje. São tantas possibilidades. Parece até que estou em uma quadra de tênis, parado em frente ao lançador de bolas, prestes a me bombardear com mais ataques do que sou capaz de rebater.

De repente, estou espantando fios invisíveis da minha calça. É como ter doze anos outra vez e voltar da escola com o boletim nas mãos, prestes a ser julgado por eles. As perguntas podem ser diferentes agora, mas o sentimento de que nunca serei o suficiente para os meus pais é antigo e conhecido. E isso me assusta de muitas formas. Eu sou um homem agora, tenho a minha família, mas as coisas que vivi na infância parecem fantasmas que nunca vão embora. Do mesmo jeito, sei que tudo que eu fizer ou falar e todos os exemplos que eu der para a Manuela vão ecoar na vida dela para sempre, não importa quanto tempo passe, o que me deixa com muito, muito medo de não ser bom o bastante.

— Vamos acabar logo com isso — digo para mim mesmo.

Ando em direção à sala de estar, estranhamente iluminada pelo sol, que entra pela varanda. Há um sofá enorme ocupando o espaço de uma parede, mas mamãe está sentada em uma pequena poltrona, olhando para fora, como se o ambiente fosse uma pintura, e ela, a personagem que não deveria estar ali. Demora um pouco até que ela note a minha presença.

— Olá, William.

Chego mais perto e me sento a uma distância segura.

— Oi. — Minha voz soa meio incerta. — Cadê o papai?

— Deve estar no escritório, em alguma das centenas de ligações importantes.

O tom dela é baixo e carregado de sarcasmo. Mamãe volta a olhar para fora, como se manter a atenção em mim fosse uma hipótese inconcebível. O silêncio começa a ficar desconfortável, mas não sei ao certo o que dizer, então uso a mania da Mae de analisar as pessoas e tento prestar atenção ao que ela está me dizendo sem palavras.

Observo sua postura. O olhar completamente preso ao balanço das árvores lá fora. Os braços cruzados na altura do peito como uma armadura que impede que seu coração seja exposto. E o jeito como balança a perna cruzada com calma, como se esperasse por algo que jamais saberei o que é. Só quando noto os fios brancos, mais numerosos que da última vez que a vi, penso em como o tempo passa rápido demais, sem pausas, sem piedade de qualquer passageiro enjoado.

— Você está bem? — pergunto. Mas, por incrível que pareça, não é algo para preencher o silêncio. Há uma dor estranha, vinda de algum lugar adormecido no meu peito, demonstrando que me importo de verdade. Pela primeira vez em anos, tenho interesse genuíno na resposta.

Ela para de balançar a perna e volta os olhos na minha direção.

— Tenho me sentido solitária... — A pausa é longa demais. — Ultimamente.

Mamãe me oferece um pequeno sorriso. Daqueles que fabricamos quando alguém é grosso conosco na fila do supermercado. Enquanto ela volta ao estado inicial, eu procuro uma resposta gentil, mas não sei o que dizer. Em toda a minha vida, acho que é a primeira vez que ela se mostra vulnerável. Não a mulher autoritária, que só ouve a si mesma e tenta controlar tudo, mas alguém que talvez precise de ajuda. Talvez precise de mim? Não sei. Nunca a vi dessa forma e tenho medo de ofendê-la caso tenha interpretado da forma errada, então me mantenho em silêncio. A verdade é que ela criou um abismo entre nós e, por mais que eu tente cruzá-lo, sinto que não aprendi a fazer isso.

— Ei, volta aqui! — Ouço a voz de Yara no corredor e me viro. Meu pequeno sol vem correndo do cômodo onde estava, como um furacãozinho, e passa a escalar o sofá para se sentar ao meu lado. Deixo-a fazer isso sozinha, estendendo a minha mão apenas se ela quiser ajuda, mas só demora alguns minutos até conseguir. Manu sorri, mas se retrai quando nota a minha mãe, então a coloco no meu colo.

Minha filha a observa com curiosidade. Em seguida, deita a cabecinha no meu peito, o que atrai a atenção da avó. Mamãe sorri e estende a mão para ela, mas, em resposta, a bebê afunda ainda mais, escondendo o rosto na minha camisa.

Não é culpa dela. A avó é quase uma estranha.

Só que a minha mãe não reage como eu esperava. Não vejo reprovação nos olhos dela por não ter educado direito a minha filha. Eu vejo dor por provavelmente ter percebido que foi excluída de uma parte da minha vida. Nesse momento, penso em todos os registros que ela perdeu. Em todas as fotos e vídeos, quando a Manu aprendia uma habilidade nova, por menor que fosse, que mandei para as pessoas que são importantes para mim e para Mae, mas não para ela. Sempre me convenci de que ela merecia isso. Mas, pelo jeito como meu peito aperta, não acho que essa tenha sido a melhor decisão.

Não tenho certeza se a minha mãe se arrepende das escolhas que fez, mas eu não quero me arrepender das minhas, então travo uma luta interna para agir de forma diferente. Sentindo o calor da minha filha aquecer meu peito, forço minha memória, nado contra a correnteza de lembranças ruins, mágoas e desentendimentos, e tento me agarrar a um galho, por menor que seja, de coisas boas. O primeiro passo é sempre o mais difícil. Mas, pelos céus, quem disse que estou caminhando sozinho?

— Manu — começo a falar, sem muita certeza de onde isso vai dar —, você sabia que a vovó sempre trazia ursinhos de geleia para o papai quando viajava? Igual àqueles que a mamãe traz para você quando anda de avião?

Ela ergue a cabecinha para me olhar enquanto falo. Me concentro no rosto da minha filha, o que torna tudo menos difícil, e continuo. Lembro que Mae e eu lemos em um devocional, há alguns dias, sobre o bom e o mau tesouro. E, depois de anos revirando o baú errado, acho que enfim encontrei o tesouro do bem.

— E sabia que foi a vovó que ensinou o papai a contar as moedas? Que nem o papai ensinou você outro dia?

Manu pestaneja, profundamente interessada, e dou um pequeno sorriso. Mesmo quando ela desvia o olhar, continuo focado nela, como um pontinho de luz no meio do nevoeiro. A correnteza aos poucos para de me levar com sua força, e outras memórias boas começam a aparecer. Não achei que fossem tantas.

Pela primeira vez, consigo pensar em mais motivos para perdoar. Para soltar o pescoço de quem me ofendeu, só para descobrir que quem estava sendo sufocado era eu. Consigo enxergar os meus pais como os humanos que são e lembrar que nunca vou cometer os erros deles, mas, se tiver sorte, talvez cometa erros melhores.

— Sabia que o vovô tinha um assobio para chamar o papai? Que onde ele estivesse, se ouvisse o som, sabia que deveria ir para casa? E que a vovó ensinou o papai a colocar açúcar, leite e água antes de preparar o café para ele ficar com espuminha, que nem o papai faz para a mamãe? E que quando...

— Vovó tá gripada! — Manu interrompe e aponta para a minha mãe. Tenho alguns segundos de confusão ao tentar entender o que ela disse, então tiro os olhos da minha filha para encarar a mulher à minha frente. Vejo seus olhos marejados, o nariz começando a ficar vermelho e as pequenas fungadas que ela dá, virando o rosto para que eu não perceba que começou a chorar.

Levo alguns segundos até ouvir sua voz outra vez.

— Obrigada.

Durante o silêncio que se segue, Manu dá alguns beliscões na minha camisa. É uma mania dela. Mas, nesse momento, serve para me lembrar de que estou no mundo real. No meu universo original — meu Xangrim —, que, se eu olhar bem de perto, pode não ser tão ruim quanto imaginei, desde que eu pare de fugir.

E é apenas isso. Quero poder dizer que falei muitas coisas bonitas para minha mãe. Que ela me pediu perdão por todas as vezes que me machucou. E que nos abraçamos e zeramos tudo para começar uma vida nova. Mas o que acontece é que Yara, Raul e Noah se juntam a nós em seguida e, assim que meu pai volta do escritório, tomamos café com bolo e vamos para casa.

Nosso problema com a vida é que pensamos nela como uma maratona, com começo, meio e linha de chegada, mas ela se parece mais com uma corrida de Fórmula 1. Estamos procurando finais felizes em ciclos completamente encerrados, quando na verdade as coisas estão sempre começando e terminando, e é preciso entender que uma volta pode ser mais próxima da vitória do que outra, mesmo que você pareça estar exatamente no mesmo lugar.

Acho que aprendi isso com a Maeve.

No caminho de volta, Manu pega no sono. A mãe dela vai acabar comigo por causa da soneca no começo da noite, o que significa que vamos madrugar, mas a bebê não é acostumada a interagir tanto em um único dia e parecia exausta, então a deixo dormir. De vez em quando, checo pelo espelho e vejo que ela continua imóvel, com a cabecinha encostada na pelúcia, dormindo tranquilamente.

Deixo a playlist da Mae tocando baixinho durante todo o caminho até em casa. Faço o trajeto prestando atenção em cada música, em cada estrofe, só para me distrair de tudo o que aconteceu, o que é engraçado, porque ouvi essas músicas mil vezes por causa da Maeve, mas é a primeira vez que as escuto de verdade. Ela vai ficar tão orgulhosa quando eu contar.

Quando chegamos ao prédio, estaciono o carro e paro alguns minutos antes de sair para vestir minha armadura. Tiro a bebê da cadeirinha, e ela se mexe um pouco até se aninhar no meu colo. Tento me equilibrar com as coisas enquanto subimos pelo elevador.

Nem está tão tarde, mas tudo parece silencioso. Esbarro em alguns enfeites natalinos e me dou conta de que o ar já começou a ficar diferente, como sempre acontece nessa época do ano. Há uma guirlanda e pisca-piscas coloridos na porta do vizinho, mas a do nosso apartamento está vazia.

Mae e eu nunca tivemos uma decoração de Natal. Nenhuma das nossas famílias tinha esse hábito, e, embora eu tenha dito que deveríamos começar nossa própria tradição, nos anos anteriores estávamos ocupados demais aprendendo a sermos pais, então acabamos adiando.

Talvez eu me importe com isso mais do que a Maeve. Mas não faz mal. Amanhã eu saio e compro alguma coisa, nem que seja uma árvore de centro de mesa, Manu vai adorar.

— Chegamos — digo ao enfim entrar em casa.

Mae se levanta do sofá. Tento não olhar para ela e passo direto para o quarto da bebê, nosso antigo escritório que precisou ceder espaço para o milagre que recebemos, e ouço o som de patinhas me seguindo. Nosso cachorrinho salsicha vem logo atrás. Coloco Manu na caminha e tento respirar fundo para voltar ao meu estado normal e agir como se nada tivesse acontecido. É mais difícil do que parece.

— Por que você não vai na frente? — digo para Tibério, mas ele apenas me encara balançando o rabinho. Dou um pequeno sorriso.

A verdade é que me sinto meio bobo por estar tão mal, quando não aconteceu nada de mais. Seria péssimo preocupar a Mae por besteira, então garanto que o nó na minha garganta seja desatado antes de falar com ela. Aciono a babá eletrônica, fecho a porta e faço o caminho de volta.

Mae está esperando com o olhar ansioso e angustiado. Caminho em direção a ela, deposito um beijo no topo de sua cabeça e tento fingir normalidade, mas acho que ela não compra a ideia. Como poderia? Maeve me lê feito um livro.

— Como foi lá? — ela pergunta.

E sua voz é como a última gota em um balde cheio. O cheiro da minha casa. O olhar da minha esposa. Tudo é tão familiar, tão seguro, que não tenho outra escolha a não ser a vulnerabilidade, porque sei que vou encontrar conforto aqui.

Eu sorrio. Resisto. E, depois, começo a chorar.

Maeve me puxa para um abraço. Ela precisa se esticar um pouco, então me abaixo e encaixo minha cabeça em seu ombro. Enquanto acaricia a minha cabeça, eu a aperto forte, chorando alto, mas sem sentir vergonha alguma, porque isso não é mais algo inédito para mim. Já caí inúmeras vezes sabendo que ela ia me segurar.

Faço uma oração silenciosa, enquanto isso, pedindo que Deus me ajude a ser melhor, a ir até o fim com o que comecei hoje. Que me ajude a encarar os meus pais como pessoas eternas, pelas quais ele também deu a vida. Pessoas que eu devo perdoar como ele me perdoou. Só assim posso ser o pai que a Manu merece. E o marido que a Mae merece. E o filho que o Senhor merece.

— Está tudo bem — Mae diz. — Estou orgulhosa de você.

Fico preso a ela por alguns segundos e, quando Mae me solta, esfrego o nariz e sorrio. Dou um jeito de me recompor, porque vê-la aflita por minha causa não me faz bem. Me sinto grato por ela me acalmar sem precisar dizer nada, e eu nunca vou conseguir expressar como sou feliz por ser casado com a minha melhor amiga.

— Diga que vamos fazer algo agora. — Esfrego os olhos. — Qualquer coisa. Porque não quero falar ou pensar sobre isso.

Mae ergue as sobrancelhas, surpresa. Vasculha ao redor, talvez procurando algo que atenda ao meu pedido, e, quando volta os olhos para mim novamente, suas íris estão brilhantes, o que significa que ela teve uma ideia.

— Quer montar a nossa árvore de Natal?

Franzo o cenho.

— Não temos material.

— É mesmo? — pergunta ela. — Porque alguém passou em uma lojinha depois do evento e comprou todas as bugigangas que você puder imaginar: bolinhas, luzes, orelhas de rena... Tem até um poste do ermo do lampião.

Não sei se escutei direito.

— Você comprou um *poste*? — Dou uma risada. — Para colocar nessa sala minúscula?

— Eu me empolguei um pouco.

Mae faz uma careta culpada. Depois sorri.

— É a sua primeira vez... — Ela muda o tom para quase um sussurro. — Tem que ser memorável.

Balanço a cabeça, assentindo. *Minha garota, você é a melhor.* Começo a andar de costas, puxando minha esposa pela mão, em direção ao corredor.

— Vamos acordar a Manu — digo, e Mae faz uma careta. — Ela não vai querer perder isso.

Eu amo ter uma família.

agradecimentos.

Você deveria saber que o livro que segura em mãos não foi escrito para ser publicado.

Depois que meu livro anterior, *Aurora*, teve um pouquinho de visibilidade, minha alegria foi facilmente contaminada pela sensação esmagadora de que eu não era boa o suficiente. Eu acreditava que jamais conseguiria escrever outra história que tivesse tanto alcance quanto aquela. E a pressão das expectativas que eu mesma coloquei sobre o meu ministério o paralisou, fazendo com que eu detestasse qualquer história nova que tentasse escrever.

No meio do caos, o Senhor sussurrou uma personagem ao meu coração. Ela era confusa, complicada e chata. Humana demais para o tipo de protagonista que as pessoas queriam ler. Ela tinha mais perguntas do que respostas, então decidi que escreveria a história dela só para mim, apenas para me lembrar de que eu ainda amava escrever, e por curiosidade de aonde essa personagem maluca me levaria. Foi em uma manhã com cheiro de café (de coador mesmo) e embalada pelas músicas que você ouviu durante a leitura, que abri um documento no celular e comecei a rascunhar despretensiosamente sobre a Mae.

Foi assim que a maior parte da história foi escrita: pelo celular, no intervalo de almoço do trabalho, ou de pé, no ônibus que passava bem em frente ao sebo que inspirou a capa e a ambientação do livro. E embora essa seja apenas uma parte do longo caminho para chegarmos até aqui, o que eu quero mesmo que você saiba é que *Círculos não são infinitos* não existiria se não fossem as seguintes pessoas:

Minha Constante, tenho uma teoria de que sua risada é o som mais incrível do universo. E, enquanto não consigo ouvi-la, posso apenas imaginar como ela ecoou, em toda sua majestade e cadência, quando Você me ouviu dizer que não iria publicar este livro. Obrigada por sempre bagunçar os meus planos. Por me ensinar a confiar no escuro. E por nunca atender às minhas expectativas, porque agora eu percebo que minha mania de controle nunca será páreo para a aventura que é ser surpreendida por Você.

Yazi Carvalho, a primeira pessoa a ler sobre Mae e Liam, e também a primeira pessoa que os amou (às vezes, acho que você os ama mais do que eu). Obrigada por me dizer que eu deveria terminar essa história e por sempre ser usada pelo Espírito Santo para me lembrar por que escrevo. Você e seus irmãos literários, Kay, Maria, Lê e Arthur, são os melhores filhos que eu poderia ter.

Minha mãe, pelo apoio incondicional e por nossas conversas sobre a vida que sempre dão um jeito de aparecer nas minhas histórias.

Williams Silva, obrigada por emprestar sete letras de seu nome, seu talento para matemática e seu amor por games ao Liam. Acho que isso responde a sua mensagem perguntando se ele tinha sido inspirado em você (só não fique se gabando por isso). Obrigada por todo o apoio, irmãozinho.

Julie Ane Lemos e todos os leitores da Fam, que me disseram que eu deveria publicar essa história quando compartilhei com vocês que tinha escrito algo. Se vocês não me empurrassem do penhasco, eu jamais saberia que era capaz de voar. Obrigada por todas as mensagens, históricos de leitura e por serem mais do que leitores. Vocês são família.

Daniel Faria, meu editor. Lembro da primeira coisa que você me disse sobre esse livro: "*Círculos* é muito diferente!".

Tudo que você me disse quando terminou a leitura também ficou gravado no meu coração. Obrigada por acreditar nas minhas histórias.

Equipe da Mundo Cristão, vocês fazem mais do que tornar um sonho realidade. Vocês o adotam e sonham junto com a gente. Sou muito privilegiada de publicar com vocês, amo e oro por todos. Um obrigado especial a Natália Custódio, Talita Dantas, Iva Floriano, Nalu (sim, Ana Luiza Ferreira, esse é o seu nome oficial para mim agora), Gabi Casseta, Gabriele Marques, Felipe Marques e Emerson Lima, que me apoiaram tanto no último lançamento.

E você, leitor, que corajosamente enfrentou aquele aviso insolente, seguiu adiante e leu essa história. Obrigada por dividir isso comigo. Meu desejo é que você nunca pense que está vagando como os grãos de poeira, porque Alguém pagou o preço para chamar você de meu. Mesmo que sua vida mude, saiba que Ele permanece. No vaivém de pessoas, é Ele quem escolhe ficar. Jamais parte. E jamais desiste.

Que para você, seja Ele. Sempre Ele.

sobre a autora.

Vitória Souza era só uma garota esquisita até que, por algum motivo, Jesus achou que ela seria uma boa melhor amiga. Desde então, os dois são inseparáveis e ela tenta encaixá-lo em qualquer conversa, inclusive nos livros que escreve e na página de Instagram que criou sobre ele, a @jesuschuvaelivros.

Quando não estão escrevendo livros, você pode encontrar os dois lendo juntos, dividindo um café ou dançando e cantando Gable Price and Friends bem alto na cozinha da casa dela.

Um dia eu posso apresentá-lo a vocês, meu melhor amigo ama novos amigos (e, sim, eu me esqueci de usar a terceira pessoa!).

leia também.

E se você descobrisse, no dia da sua morte, que você é a chave para uma revolução?

Helsye Agris é uma garota comum da Província Agrícola, um dos cinco territórios do país que reuniu os poucos sobreviventes de uma pandemia que dizimou a população mundial trinta anos atrás.

Embora o Lanulavírus esteja agora sob controle, o contexto atual é marcado pela desigualdade entre as Províncias mais pobres e a Armada, a rica capital de Kyresia, além da violência e da constante tensão dos ataques rebeldes.

Então, no dia programado para sua morte, Helsye descobre que pode existir esperança de uma sociedade livre da opressão e decide aliar-se a um líder misterioso e seu grupo excêntrico na busca por um novo começo para a humanidade.

Uma busca que trará respostas pelas quais Helsye não estava procurando.

Compartilhe suas impressões de leitura,
mencionando o título da obra, pelo e-mail
opiniao-do-leitor@mundocristao.com.br
ou por nossas redes sociais

Esta obra foi composta com tipografia EB Garamond
e impressa em papel Pólen Bold 70 g/m² na gráfica Eskenazi